山田錦の身代金

主な登場人物

山田葉子　日本酒と食のジャーナリスト
矢沢民子　居酒屋経営者
葛城直美　播磨署警察官　警部
勝木道男　同　捜査主任
烏丸秀造　烏丸酒造　蔵元
多田康一　同　前杜氏　故人
佐藤まりえ　同　賄い担当

速水克彦　同　新杜氏

富井田哲夫　県庁農林水産振興課課長

松原拓郎　農家

松原文子　拓郎の妹　農家

桜井博志　『獺祭』醸造元　旭酒造会長

甲斐千春　酒屋の女将

スティーブン・ヘイワード　有機認証認定機関検査官

目次

第一章　紫の田んぼ

一

黄金色に輝く穂波の中、田んぼの一角が青紫に染まっていた。そこだけ稲穂が、地に倒れ伏している。枯れた茎と葉が赤茶けて変色し、周囲の淡緑色の葉とコントラストをなしていた。

悪意によるのは一目瞭然だった。刺激臭のある青紫色の薬剤が撒かれている。てんでバラバラな向きに、折れ重なって倒れる稲の姿を見て、山田葉子はいつか写真集で見たホロコーストを思い出した。

「許せない！」

葉子は、撒かれた悪意に押し潰されないよう叫んだ。だがその声は強い風に煽られ、すぐに吹き飛ばされてしまった。広々した田んぼが連なる中、見渡す限り人影はない。

ここは、烏丸酒造の『風の壱郷田』、世界一の評価がついた田んぼだ。

その山田錦の稲穂たちが、殺されている。

葉子は無残な光景を前にして、稲たちに何かしてやれることはないかと思った。既に手遅れなのは、わかってはいたものの、じっとしていることができなかった。

倒れた山田錦に手を差し伸ばそうと、腰を屈める。そのとき、現場を乱してはいけないと気づいて、慌てて手を引っ込めた。

山田錦は、日本酒造り専用の米で、酒米（さかまい）の王とも呼ばれている。

背が高く実る種籾（たねもみ）も大きいので、極めて酒造りに向いており、名人なら最高質の日本酒を醸造することができる。

山田錦を超える酒米を作るため、数多くの交配品種が育種されたが、いまだに足元にも及んでいない。

その中でも、ここ風の壱郷田で育った米は、さらに別次元の価値がある。

世界最高値、一本百万円以上になる純米大吟醸酒の原料米として知られ、世界的にもブルゴーニュの特級ブドウ畑『ロマネ・コンティ』に匹敵する、唯一の田んぼと言われていた。

これは、間違いなく大事件だ。

遠くから、サイレンの音が響いてきた。その音に急かされるように、葉子は田んぼからあぜへと上がった。

少しだけ視野が広がると、隣の田んぼの向こう側に人影が見えた。稲をかき分け、背中を見せて去って行く。

毒を撒いた犯人かもしれない。葉子は、反射的に隣の田んぼに入った。稲をかき分け、最短距離で後を追う。

後ろ姿は若い女だった。ジーパンにTシャツ姿、田んぼに慣れているらしく徒歩なのに恐ろしく速い。あっという間に引き離されていく。

葉子は無我夢中で、田んぼの中を走った。肌に稲がぶつかる。鋭い葉が痛かった。どんどん細かい切り傷が増えていく。

だが、反対側のあぜに上がったときには、影も形もなく、女の姿は見えなくなっていた。まわりを見渡したが、どっちに行ったかさえ見当がつかない。

葉子は悔しさに拳を握りしめた。

遠くから響くサイレンの音が、大きくなってきている。

現場へ戻っていた方が良いだろう。葉子はとぼとぼと歩き出した。帰りはあぜ道を通って、風の壱郷田へと向かう。

ふと気づくと、袖口に稲が一本引っかかっていた。今の田んぼで稲を引っかけてしまったらしい。大粒の籾をつまむとパラリと割れて、ラベンダー色の籾殻の裏が現れた。

その美しい色に、葉子はしばしときと場所を忘れた。

葉子は風の壱郷田の草取りに来ていた。

田主である烏丸酒造は、西暦一六〇〇年代初頭、大坂の陣のころの創業。昨日、四百周年を祝う記念式典が、神戸市内のホテルで行われたばかりだ。

式典は大盛況だった。知事はもちろん東京からの招待客も、多数列席していた。元プロサッカー選手による乾杯があり、人間国宝の陶芸家の挨拶まであった。

皆がパーティを満喫し上機嫌になる中、葉子が超特級田んぼの草取りをねだってみると、酔っていた蔵元は快諾してくれた。一度で良いから世界最高の田んぼを近くで見たかったのだ。

マスコミでさえ、周囲から見学するだけ。田んぼの中に入ることは許されない。田んぼや稲穂についての高度な知識と経験がない限り、草取りといえども許可してもらえないのだ。今日は滅多にない、貴重な機会だった。それなのに、こんな事件に遭遇してしまうとは。

二

たまには署を離れるのも悪くない。稲の上を渡る風に吹かれながら、葛城直美は思った。田んぼの現場検証は、思ったより気持ちが良い。

現場は三十メートル四方ほどの田んぼの片隅。二畳ほどの広さだけ稲が枯れて、倒れている。

若い二人の警官が、倒れている稲のまわりにテキパキと黄色いテープを張っていた。その後、巻尺を引っ張り、田んぼの長さを測り始める。すぐ横で鑑識官が、土ごと稲の根を掘り起こしビニール袋に詰めていた。

誰もが、動きに無駄がない。

そんな中、枯れ果てた稲と用水路の間には違和感があった。大きな動物が引っかいた跡に見えるのだ。

「目撃者は、見つかっていません」

所轄の警官の報告に意識を戻し、直美は黙ってうなずいた。

今のところ、大したことはわかっていない。

田んぼに毒が撒かれて稲が枯れ、脅迫状が届いた。

身代金の要求は、五百万円。

「しかし、ひっどい話ですよ、まったく。何も悪いことしてないのに」

直美の傍らで、烏丸秀造がぼやいた。

蔵元で田んぼのオーナー、日本一高い酒を造る醸造家だという。四十代前半で、細面の色白だ。柔らかい髪を七三に分けたいかにも繊細そうな見た目をし、銀縁のメガネにしきりに手をやっていた。

「第一発見者は？」

直美は、ぼやきに取り合わず尋ねた。

「田んぼの向こう端にいます」

見れば白い綿シャツと、ジーンズの小柄な女性だった。自分より少し年下、三十代半ばだろう。

「話を聞きたいな」

大股であぜを歩き始める。慌てて秀造が小走りで前に出た。先導するつもりらしい。

ふと気づくと、周辺は既に稲が刈られている田んぼが多い。まだ稲穂が残っているのは、ここの他には数えるほどである。

「なぜ、ここだけ稲が？」

問いかけられた秀造が、立ち止まり振り向いた。直美の視線を追って辺りを見回し、すぐに納得したらしく眉を上げた。

「残ってるのは酒米です。刈られているのは飯米。酒米は晩稲なので、あと半月ほどしてから刈り取ります」

「サカマイ？」

「酒を造るための専用のお米です」

「普通の米では、造れないの？」

「飯米でも安い酒は造れますが、高品質な酒は酒米でないと」

「造るってどんな風に？」

「蒸してから発酵させます」

「知らなかったな。驚いた」

思えば、日本酒がどうやって造られるのか、考えたこともなかった。

「この辺りは酒米の適地なんですが、何を育てるかは農家さんが決めます。酒米は高く取り引きされますが、育てづらいので」

まわりをよく見ると、まだ残っている稲穂の丈は長い。

「なるほど背が高いから、育てづらいということなのかな」

直美の指摘に秀造が少し驚いている。

「その通りです。強い風に弱いので、倒れやすくて」

直美が見たところ、飯米との違いは丈だけではない。この田んぼには雑草も多く生えている。

「こんなに草が生えてるのも、酒米だから？」

蔵元が首を左右に振った。

「酒米云々じゃなく、オーガニックの田んぼだからです」

「オーガニック？」

直美は首を傾げた。

「除草剤を使ってないんです。化学肥料や農薬を使わない栽培、有機農業をしているので」

「オーガニック農業か。妙に高い野菜にシールが貼ってあるやつだ。だが、農薬は普通有機系の化合物でしょう。有機リン系とかサリンだってそう。農薬を使わないのを、有機農業と呼ぶのはおかしくない？」

秀造が目を丸くして両手を広げると、手のひらを上に向けてみせた。

「認定業者に聞いてみます。今日、ちょうど監査に来るので」

つまりよく知らないらしい。これ以上聞いても無駄なのはわかった。

近づいて行くと、第一発見者の女性が丁寧に頭を下げた。

秀造が、横から紹介を始める。

「第一発見者の山田葉子さんです。元料理雑誌の編集長で、今は日本酒と食のフリージャーナリストをしてます」

「日本酒と食のジャーナリスト？」

直美の問いに、葉子は微笑(ほほえ)んだ。

「毎日、飲んで、飲んで、食べて。たまに書いてます」

言葉通りだとすると、かなりいい身分と言える。

「ヨーコさんは、週刊誌に酒蔵(さかぐら)の連載を書いてるんです」

葉子は、小顔でパッチリした瞳が愛らしく、健康的な肌つやで、黒髪をショートカットにしている。

「兵庫県警の葛城警部です。ここの第一発見者？」

「はい。秀造さんに草取り体験をさせてもらいに来て、見つけました」

草取りという言葉に、直美は少し驚いた。

「なぜわざわざ草取りなんか。普通は頼まれたって、やらないでしょう」

「そんなことありません。超特級クラスの日本酒を造る米の田んぼですよ。草取りさせてもらうのは、すごい名誉なんです」

背筋を伸ばして大きく胸を張っている。

「何が名誉だと？」

「非常に高価な酒米を育てる田んぼなので、普通は立ち入るのも許されません。稲穂や田んぼを傷つけない細心の注意と、田んぼの植生についての知識が必要なんです。だから、選ばれた人間にしかできません」

それは思いもよらなかった。直美にはとても信じられないことが、世の中にはたまにある。

秀造が葉子の横で、コクリとする。

「ヨーコさんなら、太鼓判を押せますから」

「一本百万円にもなる超高級酒の稲穂に携わるチャンスなんて、一生に一度あるかないかなんですよ」

「酒造りは米作りから始まります。草取りは、最初の一歩です。ヨーコさんには、いずれ酒造り体験にもチャレンジしてもらおうと思っています」

それを聞いて、葉子が目を輝かせている。

世の中には、酔狂なファンがいるものだ。直美は渋々納得して話の先を促した。

葉子は田んぼまで送ってもらい、農道で車から降りたという。毒を撒かれた場所の反対側だ。

「しばらく草取りするうち、異変に気づきました」

田んぼの一部で、稲の背が低くなっていたのだ。そこで見に行って、毒が撒かれているのを発見している。

「それで、すぐに秀造さんに連絡したんです」

それが、一時間ほど前のことだった。

秀造が葉子の話の後を、引き取って続ける。

「ちょうど脅迫状を受け取って、警察に連絡した直後でした。半信半疑でどうしたものかと悩んでるとこに、電話があったんです。ちょっと変だなとは思いましたが、急いでここに来てみるとこの有様でした」

鑑識官の経過報告では、犯行は夜明け前のまだ暗いうちではないかということだった。

ここに毒を撒きその後、烏丸酒造に寄った。直接酒蔵の郵便受けに脅迫状を投函したと思われる。土地勘のある犯人だ。

葉子が隣の田んぼで女性を目撃しているが、犯行時刻から考えると、事件とは無関係である可能性が高い。

車の走行音に気づくと、農道を白いハイブリッド車が飛ばして来ていた。

見る間に近くなり、直美の乗って来た覆面車の後ろに急停車した。ドライバーが弾き出されるように転がり出て、あぜを走り出した。ここに来るつもりらしい。

「トミータさん!?」

知り合いなのか、秀造は眉をひそめて彼の名を呼んだ。

男はまっしぐらに秀造に駆け寄った。

「烏丸さん、大丈夫ですか？」

返事を待たずに、毒を撒かれた田んぼに目をやった。

「なんてひどい。いったい誰が、こんな恐ろしいことを」

四十歳くらいの男は、小柄で小太りだ。丸い黒目は離れ気味で低い鼻と相まって、ぬいぐるみの熊に似ている。

小男の捲(まく)し立てる勢いに圧(お)されて、秀造は言葉を発せない。何かの拍子に小男が直美に気づいた。こっちに向き直って、サッと頭を下げる。

「警察の方ですね。県庁農林水産振興課、課長の富井田(とみいた)哲夫(てつお)です。農水省から出向で、こちらに来ています。颪の壱郷田がたいへんなことになってると聞き、真っ直ぐここに駆け付けました」

一息に説明し切った。

「警部の葛城です。本庁から出向している」

「ありがとうございます。こちらの任期はいつまでですか？」

「あと二年半くらい」

「そうですか。それなら、僕と同じくらいだ。どうぞ、トミータと呼んでください」

言い終えるなり、今度は第一発見者に気づいた。

「あれ!?　ヨーコさんじゃないですか」

今度は葉子に駆け寄った。どうやら知り合いらしいが、落ち着きのない男だ。

「こんなところで何をしてるんですか？　危険だし、捜査の邪魔になってしまいますよ。まさか取材じゃないですよね」

「わたし、第一発見者なんです」

葉子の言葉に富井田課長が、目を丸くした。一瞬、言葉に詰まる。

「草取りに来てたまたま見つけたんです。それよりトミータさんこそ、なぜここに？」

「脅迫状の話を聞きつけまして。心配で矢も楯もたまらず、飛んで来た次第です」

「もう、みんな知ってるんですか？」

「まだほんの一握りだと思いますよ。でも、昼ごろにはこの辺り一帯で知らない人はいないでしょう。農家は噂好きですから」

富井田課長は、苦笑いしている。

そこへまた、ドタバタと足音が近づいて来た。

赤ら顔の中年男は、所轄の兵庫県警播磨警察署の捜査主任・勝木道男だ。捜査の責任者で、形式的には直美の部下になる。筋肉質のがっちりした体格だが、下腹は少し緩んでいる。

「警部、こないなとこで何してはるんです？」

少し息を切らし、額に汗を浮かべている。

「第一発見者から、事情聴取を」

「そないな些事は我々に任せてください」

余計なことをするなと、顔に書いてある。

「これくらい、かまわないでしょう」

短く切り捨てた。相手の顔が、少し強張るのがわかる。だが、あえて直美は無視した。

「それで、向こうの様子は？」

「現場検証は、だいたい終わりました。鑑識が引き上げてええか言うてます。一応、警部にも了承いただこうと」

面倒くさいが、渋々といった様子だ。

「了解しました」

勝木主任はサッと踵を返しかけ、一瞬だけ足を止めた。ちらと田んぼを見る。

「ふん、雑草だらけでひっどい田んぼや」

背の高い稲と稲の間に、雑草がふさふさと茂っている。

「こんな田んぼで、たった五百万円。田んぼがボロけりゃ、身代金もせこい。チンケな犯人や」

あてつけるようなだみ声の呟きに、秀造の顔が強張った。ギュッと唇を噛み締めている。

蔵元が何か言うかと思った瞬間、先に葉子が口を開いた。見かけによらず、沸点が低い。

「何も知らないくせに！　勝手に決めつけて、適当なこと言わないでください！」

小柄で華奢な雰囲気に似合わず、大きな声、激しい口調だ。勝木主任が少したじろぐほどのなかなかの剣幕だ。

「風の壱郷田は、世界一の日本酒『天狼星（てんろうせい）純米大吟醸酒 風の壱郷田』の山田錦を作ってるんです。この地域の警察官のくせに、そんなことも知らないんですか！」

葉子の目が、三角になって吊り上がっている。

「ヨーコさん、それは……」

先を越された秀造も、葉子の勢いに、当惑しているようだ。

「世界一の酒？」

直美も田んぼを見回してみる。

そう言われれば、背が高く大粒で立派な稲だ。ただ、確かに雑草も多い。世界一の田んぼなのかどうか、直美には判断がつかなかった。

葉子が、田んぼの前に仁王立ちして続けた。鼻息が荒い。

「いいですか、この田んぼでできた酒米から、四合瓶一本百万円の純米大吟醸酒が造られるんです。純米大吟醸酒を四合瓶一本造るのに必要なお米は、約一キロ。一反当たり六俵、三百六十キロの玄米が採れます。だからこの田んぼから、三百本以上の純米大吟醸酒が造れるんです。つまりこの田んぼは、三億円以上の価値があるんです！」

「三億円？」

勝木主任の目が、丸くなった。

「一反、三十メートル四方で、三億円やて!?」

富井田課長は同感らしい。わざとらしいくらい大きく、うなずいている。

秀造はどうかと、ちらっと顔をのぞいてみると、なぜか当惑顔だった。

やがて勝木主任が、気を取り直した。苦笑いをして、肩をすくめる。

「普通の田んぼやないのは、ようわかりました」

そして直美に向き直り、改めて敬礼してみせた。

「なんにしても、たった五百万円程度の事件じゃ、警部殿の高い時給には見合わん事件やと思いますな」

どうやらそれが言いたかったらしい。

「まっ、その辺のビデオに犯人の車が、映ってるやろ。捕まるのは時間の問題やな」

勝木主任は再びぐすりと笑ったかと思うと、クルリと背を向けた。さっさと、歩き去って行く。

所轄に任せて、引っ込んでいろということだろう。

「いや犯人は、農道は使っていないと思う」

直美の言葉に、勝木主任が足を止めた。不審そうな顔で、振り向く。

直美は枯れた田んぼと用水路の間、あぜを指差した。動物が引っかいたような跡が、残っている。

「よく見ると箒目が残っている。鑑識も、たぶん気づいているだろう」

「なんなんですか？　それが」

「犯人が自分の痕跡を消すため、箒で掃いてった跡だ。そこから毒を撒いて、稲を枯らしたんだろう」

勝木主任をはじめ、全員が黙って息を呑む中、直美は用水路を指差した。

「用水路伝いにここまでやって来て、あぜに上がり毒を撒いた。その後、箒であぜを掃くとまた用水路伝いに移動して帰った。臭跡や痕跡を残さないために」

直美は薄笑いして続けた。

「農道のビデオは参考にならないと思う。それほど、馬鹿じゃなさそうだ。チンケな五百万円にも何か意味があるのかもしれない」

勝木主任は唇を噛み、直美を凝視した。やがて眉間に皺を寄せると、フンっと鼻息を吐き出した。

「ご心配なく。身代金の受け渡しで捕まえたります」

捨て台詞を残すと、大股に歩き去って行く。

待機している警官と鑑識官たちに歩み寄り、テキパキ指示を出した。さっさと撤収させて行く。数人の警官だけを残し、パトカーが走り去って行った。

「勝木主任」

直美の声に、車に乗りかけていた勝木主任が振り向いた。何を言われるのか、用心している。

「第一発見者をこのままにしておくつもり？　烏丸酒造までお送りした方が、良いのでは？」

一瞬だけ、勝木主任はハッとした表情を見せた。舌打ちすると踵を返して、こちらに戻って来た。

真っ直ぐ葉子に歩み寄って来る。

警戒し、身構える葉子の前で勝木主任が敬礼した。

「山田さん、烏丸酒造までお送りします。車に、乗っていただけますか？」

「えっ？」

ぽかんと口を開けた葉子に、秀造が声をかけた。

「それが安心です。ヨーコさん、そうしてもらえますか」

「は、はい」

ぎこちなくうなずいた葉子を乗せると、勝木主任のパトカーは走り去って行った。

「僕も、いったん失礼します」

警察の一隊が引き上げるのを見て、富井田課長も引き上げる気になったらしい。

「田んぼが心配で来ましたが、お手伝いできることはなさそうなので」

富井田課長はさっと車に戻ると、農道上で器用に転回させた。猛スピードでパトカーの後を追って、走り去って行く。後には砂塵が舞っていた。

見送った直美は、秀造に問うた。

「いったい何をしに来たんだ、あの男は？」

「心配して、様子を見に来てくれたんでしょう。ああ見えて、なかなか苦労人なんです。妹さんが大病してまして」

「どこで聞きつけたのか、やけに早かったな。ここに来るのも」

「間違いなく、仕事は早い人です」

直美は素っ気なくうなずき、重ねて質問した。

「現金五百万円、準備してもらえるだろうか？　勝木主任の言う通り、受け渡しでの犯人との接触がチャンスなんだ」

「わかりました。後ほど準備してきます」

「最後にもう一つ」

直美の問いに、秀造が小首を傾げた。

「本当にこの雑草が生えた田んぼが、三億円の田んぼなのか？」

秀造の表情が強張り、パチパチと瞬きをした。そして、恥ずかしそうに苦笑いをした。

三

パトカーの車窓の田んぼの景色が、ゆっくりと流れていく。

葉子は本心を悟られないよう、わざと風景に見入ったふりをしていた。実を言うと少しだけ、わくわくしていたのだ。パトカーに乗るのは、生まれて初めてだった。

一車線の農道に、他に走っている車はほとんどいない。

この辺は、但馬山地の谷間にあたる米の名産地だ。山田錦栽培の特別優秀地区と呼ばれている。左右どちらを見ても、山の麓まで田んぼが続いていた。

ぼんやり見るうち、あちこちの田んぼの上を、何かが飛んでいるのに気づいた。

「農業用ドローンですわ」

葉子の視線に気づいたのだろう。車に乗ってから、ずっと黙り込んでいた勝木主任がぼそりと口を開いた。

「近ごろの農業はドローン抜きでは、よう成り立たんようになっとる。初めは、農薬や肥料の散布やったが、今では、田んぼを撮影して生育具合を判断するとか、いろんな用途で使われてまんのや」

見渡す限りの田んぼの上には、いろいろなタイプのドローンが飛んでいる。田畑が、新型モデルの展示場になっているのだろう。

「おっ、危ない」

勝木主任の切迫した声に、葉子はドローンから視線を戻した。

前方を飛ばしている軽トラックが、大きく蛇行運転している。その前を走る赤いクーペと、見る見るうちに車間が縮まり、軽トラックがクーペに突っ込んだ。

追突されたクーペが農道から弾き出され、あぜに滑り落ちる。一方、軽トラはぶつかった反動で体勢を立て直し、ゆらゆらしながら走り去って行った。

「ちっ、なんだありゃ。酔っ払い運転か？」

勝木主任の舌打ちに、運転席の警官が振り向いた。

「危険運転に相当します。単なる酔っ払いより、たちが悪いかもしれません。軽トラを追います」

「ナンバープレートは、確認できなかったか？」

「無理です。距離が遠過ぎました」

勝木主任が走り去る軽トラと、田んぼに落ちたクーペを見比べた。

「停めてください！」

勝木主任に、葉子は叫んだ。

「目の前で事故に遭った人を、放っておくわけにはいきません」

勝木主任はうなずき、ドライバーに告げた。

「停めてくれ」

スッと路肩へ車が寄って行き、停まると同時に勝木主任が外に出た。葉子も、反対側のドアから降りる。

二人を下ろした瞬間、パトカーはサイレンを鳴らして走り出し、軽トラックを追って行った。

脱輪して傾いたクーペのドアが少し動いた。勝木主任が運転席に駆け寄り、ドアを引き開ける。

礼を言いながら、ドライバーが這(は)い出て来た。ストライプのボタンダウンに、細身のジャケットを羽織っている。

その男を一目見て、葉子は驚いた。

「桜井会長!?」

『獺祭(だっさい)』醸造元である旭酒造の桜井博志会長だった。葉子は仕事で何回か酒蔵を訪問したことがある。

「ヨーコさん!?」

降りてきた桜井会長も、葉子を見て目を真ん丸くした。

「なんでこんなところに?」

二人同時に同じ質問が口をついて出た。次の瞬間に顔を合わせて笑い出す。

勝木主任は面食らって、言葉を失っている。

「ああ、すみません。はじめまして、旭酒造の桜井と申します」

挨拶されて、勝木主任は慌てて頭を下げた。

幸い桜井会長は、怪我一つない。だが、車の方はそうでもなかった。衝突されたリアボディが、痛々しく凹んでいる。

「ひどい軽トラだった。田んぼを眺めたくてスピードをちょっと落としたら、いきなりだもの」

「あの蛇行の仕方は、尋常やなかったですな」

勝木主任は何か憂慮しているのか、口調が重々しい。

「酔っ払い運転みたいでした。昼間から、お酒飲んでたんじゃないですか？」

葉子は憤慨していた。こういうことがあると、お酒の評判が悪くなるのだ。

「飲酒運転よりもたちが悪いかもしれません。現行犯で逮捕できんかったのが、残念やな。桜井会長は、ナンバープレート見られましたか？」

「控えました。どうか捕まえてください」

田んぼにローカルニュースが流れ出している。幸いクーペのラジオは、無事だったらしい。

「今年の作況指数は……」

途切れ途切れに不作という言葉が流れてくる。

桜井会長は、眩しそうに辺りを見回した。稲刈り跡とまだ稲穂の残った田んぼが、入り乱れている。

「この辺りは、いい田んぼに飯米が多い。もったいないなぁ。山田錦の最適地だから、栽培して欲しいよ」

桜井会長は、稲刈りの終わった田んぼを指差した。飯米は早稲品種が多いのだ。

刈り取られた田んぼは、枯れた稲株だけを残し、土面は乾燥し切ってひび割れている。どこか、寂寥感が滲み出ていた。

「この辺が山田錦の生まれ故郷だからですか？」

「それもあるけどここは瀬戸内気候だから、温暖で日照がいいでしょ。その割に、寒暖差もある。標高が少し高いからね。それと南の六甲山地と、北の中国山地の間に挟まれてるから東西に風が通る。日本中の田んぼを歩いて見てきたけど、ここほど山田錦に適した土地はないね」

日本中の田んぼを歩いて見てきたのは、決して誇張ではないだろう。

「ヨーコさんは、こっちで何してたの？」

「田んぼの草取りです。烏丸さんとこの世界一の田んぼ」

桜井会長が、目を見開いた。

「まさか、風の壱郷田？」

「はい。でも、それがたいへんなことになってしまって」

葉子が田んぼに毒が撒かれ、身代金が要求されたことを話すと、桜井会長が、天を仰いで嘆いた。

「なんてひどいことを。あんなに素晴らしい田んぼなのに。実はよく車を停めて、眺めさせてもらってるんだよ」

葉子は続けて自分が第一発見者であり、そのためパトカーで送ってもらっていたことを説明した。

「なるほど。でも、そのおかげで、僕も助かりましたよ。ヨーコさんたちが、通りかかってくれなかったら、途方に暮れてたところです」

そう言った後、桜井会長は何かに気づき首を傾げた。

「あれっ、でも今、真後ろから走って来たよね。風の壱郷田は、あっちじゃなかったかな？」

桜井会長が、斜め後ろの方を指差した。

「嫌ですよ、桜井会長。壱郷田はこっちです。よくいらしてるんじゃなかったんですか？」

葉子は自分たちが走って来た方を、指し示し返した。

「んんっ？　そうだったかなあ？」

「今、行って来たところですから。間違いありません」

ラジオのニュースは続いている。米の作況指数から、脱法ライス中毒者の話に移った。どこかで事故を起こしたらしい。

事故という言葉に、葉子の思考が鋭く反応した。

「脱法ライス？」

最近、時々耳にするようになったがどんなものか、葉子はよく知らなかった。

「ここんとこ、流行り出しとる新ドラッグなんや。気分がハイになるんで、スリルを味わいたがる」

勝木主任が葉子の言葉を聞き付け、説明してくれた。

「二十代の若もんの間で、えらい人気になっとって。見た目は、ただのご飯やが、すこぶる危ないんや。パーティや運転中に使われ、急激に事故が増えつつある。幻覚見ながら運転するのを、面白がる奴もおって」

ハッと、桜井会長が、眉を上げた。

「まさか、さっきの軽トラックも？」

勝木主任は、苦虫を嚙み潰したような顔をしている。

「ひょっとすると、ひょっとするかもわかりません。最近、この辺でも増えてきてますよってに」

「どうりで。いくらなんでも、乱暴過ぎる運転だと思った」

ドラッグ中毒と聞いて、葉子の背筋が冷えた。ゾクゾクと震えが走り、悪寒がする。

桜井会長は、軽トラックの走り去った方向を睨みつけていた。

やがて、軽トラックを追って行ったパトカーが戻って来た。悔しいことに、振り切られてしまったという。

「くそっ。すぐに追いかけんとあかんかった」

落胆した勝木主任だが、すぐに気を取り直した。

「手早く済ませて、烏丸酒造に急ぐぞ」

ドライバーの警官と二人、当て逃げ事故の現場検証に取りかかった。

四

遮る物のない田んぼの中、遠くからでも、烏丸酒造の煙突は目立った。小さい森を背景にした酒蔵の手前には、田んぼが広がっている。長い白壁の上に、黒い瓦屋根が光って見えた。

広々した敷地内に、酒蔵と屋敷、事務建屋、売店が建っている。

直美の乗る車は、酒蔵前の広場に滑り込んだ。駐車場代わりに使われていて、パトカーも何台か停まっている。

酒蔵隣接の売店前が何やら騒がしい。

人の輪ができていた。その中央で、三十歳くらいの太った大男がだみ声を上げている。アニメのキャラクターTシャツに、ジーパン、ビーチサンダルというくだけた格好だ。

一足早く、酒蔵に到着した秀造が、大男と対峙していた。その側に、富井田課長の姿も見える。

直美が車から降りて近づくにつれ、途切れ途切れに会話が聞こえてきた。

「だから、どうしてくれるんだって聞いてんだろ。前から俺が言った通りになったじゃねぇか。言わんこっちゃねぇ」

若い太っちょは、唾を飛ばして、わめいている。

離れたところから、警官が見ている。それに気づいているのに、毒づいているなら良い度胸だ。

「何を言ってたって、言うんです。何も聞いてませんよ」

秀造は及び腰だが、台詞は強気だ。

「オーガニックなんかで田んぼやったら、まわりに迷惑かかるからやめろって、ずっと言ってきただろ。それなのに続けやがって」

「それとこれとは、別でしょう」

「いや、どれもこれも一緒だ。出る杭は打つ！」

「そんな、無茶な」

「そっちの田んぼに撒かれた毒は、こっちにも来るだろうが。あんたんとこは、自業自得だろうが、巻き添え食うこっちは大迷惑なんだよ」

吠えまくる男は、目が血走っている。言葉を発するごとに、唾液が飛んだ。

まわりの警官は、暴力行為が起きない限りは、手を出さないつもりなのだろうか。喧嘩沙汰になる前に止めようと直美が近づこうとすると、秀造に手で制された。秀造は、いつの間にか茶封筒を手にしている。

頭を下げながら若い大男に近づくと肩を抱き、その手にスッと茶封筒を握らせた。太っちょが黙って受け取る。厚みを確かめ、ニンマリと笑った。出来合いの芝居を見ているようだった。

ちょうどそこへ、自転車が走り込んで来た。蔵人たちが慌てて道を空ける。

運転しているのはよく陽に灼けた女性で、大男に自転車を横付けした。

「兄ちゃん、何やってるの。恥ずかしいったらありゃしない。やめてちょうだい」

二十代後半くらいの小柄な娘だ。大男を叱りつけると、秀造に向かって頭を下げる。

「烏丸さん、すみません。ただでさえ、たいへんなところなのに。兄にはよく言い聞かせて、二度とさせませんから」

頭を下げる動作は敏捷で、丁寧だ。兄も妹に頭が上がらないらしい。一緒に、頭を下げさせられている。

秀造が渋々承知すると、妹は礼を言って、兄の尻を叩いた。

兄も、ぶらぶらと後から続き、近くに停めてあった軽トラックに乗り込んだ。さっさと走り出して行く。直美は、フロントバンパーが少し凹んでいるのに気づいた。

蔵人たちも三々五々、仕事へと戻って行った。

秀造が直美を見つけて、歩み寄って来た。富井田課長も後に続いている。

「葛城警部、いらしてたんですね。お恥ずかしいところを、お見せしてしまった」

「今のは何？　金目当てのクレーマーみたいだったけど。ああいうやり方は感心しないな」

「毒を撒かれた田んぼの隣農家で、松原さんという方です。前々からなんやかんやと、難癖つけに来てまして」

秀造は肩をすくめ、苦笑いした。

だがそれを聞いた富井田課長が、悲しげに男を庇った。

「あの拓郎も少し前までは、頼りになる農家だったんです」

あの太っちょは、松原拓郎という名らしい。

「二年前に、奥さんと息子二人を、同時に亡くしたんです。暴走車の起こした事故でした。運転していたのは、高齢者です」

当時、マスコミで話題になった、神戸市内の事故だった。

「覚えてる。あれは、なんとも痛ましい事故だった」

「あれ以来、すっかり自暴自棄になってしまい毎日あの調子で……可哀そうな奴なんですよ。本当に、不憫で」

「田んぼをやってる妹さんは、頼りになるんですけどね」

秀造の言葉に、富井田課長が、我が意を得たりと同意した。

「今は兄貴の分まで、妹の文子(あやこ)ちゃんがガンバってくれてるのが、救いです。毒を撒かれた田んぼの隣は来週刈り入れなんですが、彼女の細い肩一つが頼りなんですよ」

それを聞いて、直美は第一発見者である葉子の話を思い出した。隣の田んぼで、若い女性を見かけたと言っていた。ひょっとすると、妹の松原文子だったのかもしれない。

自分の田んぼにいたのなら、何も不思議なことはない。だがそうなると、手がかりが一つ消えてしまったことになる。

五

直美が到着したとき、既に烏丸酒造の事務室の電話には、逆探知装置の取り付けが終わっていた。いつ電話がきても、かけてきた先がわかる。ただ、プリペイドの携帯電話は別だ。発信エリアまでしか、特定はできない。

秀造が提供してくれた応接室が、臨時の捜査本部と決まっていた。壁面高くに、所狭しと新酒鑑評会金賞の賞状が掲げられている。

捜査員が出入りするたび、徐々に情報が集まってきた。

遅れていた勝木主任が現れるのを待って、捜査会議が始まった。先に現場を出たのだが、途中でトラブルに遭っていたらしい。

ちらりと賞状の列を仰ぎ見て、勝木主任がぼやいた。

「さすが名士さまや。田んぼを持っとる言うても、うちのような兼業農家とはわけが違う」

白衣の鑑識官は、それに取り合わず報告を始めた。分厚いレンズのメガネに時折手をやっている。

「犯行時刻は未明で、稲を枯らした毒物は農薬と思われます。成分は分析中。用水路に面したあぜから毒物を散布し、箒で掃いて痕跡を消しています」

その後、用水路に入って逃走したと思われるが、どこで水路から上がったかはわかっていなかった。

「ずいぶんと丁寧ね。わざわざ噴霧器を使って、手作業で枯らすなんて。ドローンで撒けば楽でしょうに」

直美の疑問に、勝木主任が顔をしかめた。報告の話の腰を折られて、苛々している。

「ドローンは明るくないとよう飛ばせへんのですわ。真っ暗闇では、ピンポイントで毒を撒くのは不可能です」

鑑識官も同じ意見だった。ドローンは有視界飛行が基本だという。暗闇では多少の風に流されただけで、位置を見失ってしまうと説明を加えた。

「田んぼ全部枯らしてしまったら、身代金取れませんから。一部分だけ狙って枯らすなら、手作業じゃないと無理でしょう」

直美は黙ってうなずいた。

それを見て鑑識官はメガネを直し、脅迫状の分析結果に移った。

『かぜのいちごうでんにどくをまいた。のこりのやまだにしきがおしかったらごひゃくまんえんよういしろ』

新聞から切り抜かれた文字列が、ピエロのように踊っていた。書体も大きさもバラバラ。右や左に傾いている。

指紋は発見されなかった。新聞は兵庫新聞だが、版は特定できていない。販売地域もわからなかった。

「そっちは、どないや？」

勝木主任が、鑑識官の隣の捜査員に声をかけた。会社の経営状態などを、調べさせている。

「会社に、大きな金銭トラブルはないようです。経営は順調ですね。かなり儲かっていると言えます。蔵元個人の経済状態も良好です」

「ふむ」

「怨恨などの人間関係については、これから調べますが、過去にはいろいろあったようです」

「そうか。そっちが本命やな。頼むでぇ」

報告が一段落したところで、直美は、口を開いた。

「過去の類似の犯罪は？　調べてくれるよう言っておいたけど」

勝木主任が驚いて、直美を睨みつけてきた。

直美は国家公務員、俗に言うキャリア警察官だ。警視庁から、三年の期限で、播磨署に出向して来ている。この会議においで階級的には最上位だが、命令権はなかった。

「そんなん、調べるまでもありませんわ。田んぼに毒を撒いて脅すなんて、普通は、絶対事件になりません」

口調が荒くなっている。自分の知らないところで勝手に指示されたのが、気に入らないらしい。

直美も目を細めて、勝木主任を見つめた。

「なぜ？」

「田んぼの価値が低いからですわ。普通の米やと一反当たりの売り上げは、せいぜい十五万円くらいにしかなりまへん。せやから、脅されて金を払う農家はいまへん。また、払えるほど豊かな農家もありまへん」

直美の全く知らない世界の話だった。黙って聞いているしかない。

「今回の事件は日本一と言われる、超高級酒米を栽培する田んぼだから起きた。皮肉な犯罪とも言えますなあ」

烏丸酒造の田んぼが高く評価されるのは、その米から生み出される日本酒のためなのだと勝木主任は説明した。同じ米なのにその差はなんなのか。兼業農家を営んでいる勝木主任は、そこが面白くないらしい。

田んぼではわざとああ言っていたが、犯人が狡猾であることは勝木主任も十分に承知しているのだろう。

田んぼは無防備だ。毒を撒く気があれば防ぎようがない。二十四時間、三百六十五日警護することなどできるはずがない。

「つまり調べてないの？」

直美の問いに捜査員の一人が、手元の資料をめくった。

「田んぼがらみでは五年前に山形で、稲を刈って持ち去る、盗難事件がありました」

「ほう、どんなんや？」

勝木主任が部下を睨みつけた。自分に報告せずに、調査をしたのが気に入らないのだろう。

「盗んだコンバインで収穫間近のコシヒカリを刈り取り、トラックで運び去ってます。山形県内で何か所かの田んぼで盗んだ後、犯人グループは捕まってます。農家と元農協職員でした」

食べる米、飯米をコンバインで刈り取る盗みと、超特級酒米の田んぼの脅迫は月とスッポンくらい違う。

「盗難はちゃうな。今回の事件とは関係ないやろ。他には？」

「それ以外に国内では、過去に類似の事件はありませんでした」

国内では、の一言が引っかかった。直美は間髪容れず、突っ込んで聞いた。

「海外は？」

「はい、警部。フランスのブルゴーニュ地方で、二〇一〇年に類似の事件がありました。ロマネ・コンティのブドウ畑に毒を撒くと、ワイナリーに脅迫があり、百万ユーロが要求されてます」

勝木主任の顔が悔しそうに歪んだ。口をへの字に曲げ、言葉はない。

「どういうブドウ畑だ？」

「ピノ・ノワールの特級畑です。世界一とも言われる、最高級赤ワインを造るブドウが栽培されていました」

「それで？」

「ワイナリーは現地警察に協力して偽の紙幣を用意し、受け取り場所近くで容疑者が逮捕されました。容疑者について、詳しい情報はわかっていません」

直美は満足してうなずき、勝木主任に視線を送った。

勝木主任はわざとこっちを無視し、ぼそぼそ口を開いた。

「今度の犯人もどっかでその話聞いて、真似しとるのかもしれんな。そやったら、前は受け渡しで捕まっとるから、そこを工夫してくるかもしれん。その事件のことをもう少し詳しく調べてみてくれ」

癪（しゃく）だが認めざるを得ない、といったところだろう。

それから、直美にはもう一つこの場で、言っておくことがあった。

「事件の第一発見者が、田んぼで見た女性のことだけど。田んぼ所有者の松原文子の可能性がある。確認しておいて欲しい」

勝木主任がハッとして、慌てて視線を部下に向けた。捜査員たちも、互いに目配せしている。何やら気まずそうだが、やがておずおずと口を開いた。

「その件は確認済みです。松原文子でした」

「どういうこと？」

「田んぼの持ち主ですから。まず、最初にあたって確認させました。本人が認めています」

「聞いてないけど」

「申し遅れました。すみません」

自分一人、蚊帳（かや）の外なのがわかった。面白くない。

勝木主任の指示で、捜査員の一人が報告し始めた。

「松原文子は大阪で行われた農業の六次化研修に、二泊三日で参加していました。研修を終えて今朝家に戻り、その後田んぼを見に行ったそうです。第一発見者に、目撃されていたとは気づかなかったと言ってます」

大阪出張の件は、大阪府警に裏付け調査を依頼していた。それが事実なら、今朝未明の犯行とは無関係である。

面白くはないが仕方がない。直美は渋々うなずいた。

捜査員たちが応接室を出て行くと、入れ代わりに秀造が部屋に入って来た。

厳しい顔をしている。

「銀行は無理そうです」

土曜なので窓口は開いていなかった。自動預け払い機では、五百万円は下ろせない。

「弱りましたな。身代金が準備できないとは」

勝木主任が苦々しくうめいた。受け渡しができないと、犯人逮捕の機会がなくなってしまう。

「すみません、なんとか工面する方法を考えます」

秀造が頭を下げた。育ちの良さをうかがわせる、丁寧な仕草だった。

「被害者なんだから、ぺこぺこ謝る必要はない。フランスで起きた脅迫事件では、偽札が使われたという。いざとなったらその手も使えるし、なんとかなるだろう」

そう言いつつも、直美は漠然とした不安を抱いていた。ブルゴーニュでは、百万ユーロ、約一億三千万円要求されている。それくらいが、相場なのだろう。

それなのにこの事件は、たった五百万円だ。類似の事件の割には安過ぎる。犯人の本当の狙いは別で、何かとんでもないことを企んでいるのではないだろうか。

どうにも、嫌な予感がしてならなかった。

六

葉子は桜井会長と一緒に、パトカーで烏丸酒造に到着すると、警察から簡単な確認を受けて、すぐに解放された。

酒蔵の敷地内は、普段通り騒然としている。

一升瓶のケースや米袋を運ぶフォークリフトが行き交い、トラックの出入りと共に日本酒が出荷され、原料米が運び込まれていた。

そしてそれらを、さりげなく監視している警官たちの姿も、見え隠れしている。

捜査会議に参加する勝木主任と別れた後、葉子と桜井会長は秀造の住まいに案内された。

酒蔵と隣接して、烏丸家の屋敷が建っている。そこは垣根と簡素な門で仕切られているだけなのに、結界が張られているかのごとく、蔵の喧騒が伝わってこなかった。

風通しのいい座敷に通されると、広く手入れの行き届いた庭が見渡せる。

床の間を背に、一人茶を飲んでいた老齢の女性が、葉子たちを見て微笑んだ。

「ヨーコさん、待ってたよ。あれあれ、桜井会長も一緒だったのかい。聞いたよ、田んぼのこと。たいへんだったみたいだねえ」

葉子と一緒に、東京から旅してきた矢沢民子だった。

小柄でふくよか。どことなくラッコを思い出す。とうに七十歳を過ぎているのに、真っ白な手はふっくらして柔らかい。髪をキュッと一つにまとめ上げていた。

居酒屋の女将（おかみ）を務めること四十年来、店は東京で一番多く天狼星の酒を扱うことで知られ、葉子も常連だった。

「おかあさん、そうなの。もう、へとへとよ」

もちろん、血のつながった母親ではない。

民子は信州出身。若くして、地元の名家同士の縁談で結婚したが、ほどなく破綻してしまった。乳飲み子を背負って上京し、病院の経理から生活を始めたという。やがて、女手一つで三人の子供を育て上げ、子供たちの成人後に始めた飲食店を成功させた。生きながらにして伝説となった、居酒屋老女将なのだ。

誰彼なく面倒を見て、頼りになる民子を常連客は皆、敬意を表して「おかあさん」と呼ぶ。

年に数回、民子と旅行する葉子は今回も一緒に播磨市に来ていた。昨日、開催された烏丸酒造四百周年記念式典に、揃って招待されたのだ。

式典会場で葉子が草取りの許可をもらったとき、隣にいた民子は遠慮していた。腰が痛むから、嫌なのだと。

座敷に座るなり田んぼで起こったことを報告すると、民子は目を輝かせて聞き入った。

「なんてこったい。そんなことなら、あたしも草取りに行けば良かったよ」

根っからの野次馬で、事件が大好きなのだ。根掘り葉掘り質問され、最後には隣の田んぼから持って帰った稲穂まで取り上げられた。

「確かに、籾裏がラベンダー色だ。きれいだねえ。土産に、もらっておいても良いかい」

民子のわがままに苦笑しつつも、葉子は了承した。

田んぼの話題が一段落すると、桜井会長が背筋を正し秀造に頭を下げた。

「烏丸さん。創業四百年、おめでとうございます。それから多田杜氏(とうじ)のこと、遅ればせながらお悔やみ申し上げます」

「その節は、丁寧なご挨拶を、ありがとうございました」

秀造が深々と頭を下げる。桜井会長も同様に身体(からだ)を折り低く頭を下げた。

「ニューヨークに出張中でお弔いにうかがえず、もう半年近くになりますか？」

「杜氏は昨日の四百周年祭を、半年前から楽しみにしていたのですが」

しばらく、亡くなった杜氏の思い出話が続いた。一段落した後、桜井会長が遠慮深げに尋ねる。

「もろみタンクに落ちて亡くなられたと、聞きましたが？」

秀造が無言で首肯した。

日本酒仕込み中のもろみタンク内は、酵母のアルコール発酵で出る炭酸ガスでいっぱいだ。酸素はゼロ。そこに落ちれば窒息して、まず助からない。

二十一世紀に入っても、全国で毎年一人か二人は事故に遭う。酒造り作業から切り離せない危険だ。日本酒製造業の最も大きな課題とも言える。

米の糖分をアルコールに変える微生物の酵母は発酵するときに、炭酸ガスも生み出す。空気よりも重い炭酸ガスは、もろみタンク中の空気を追い出して中に溜まるのだ。

「昨季の造り、最後のもろみでした」

事故が起きたのは六月初旬だという。

一人で仕込み蔵に来た杜氏が、もろみタンクに落ちた。その後、行方不明の杜氏を蔵人たちが捜し、タンクの底で冷たくなっているのを発見している。

「甑倒し直後のことでした。間もなく造りが終わるというときです。気がゆるみ、上手の手から水が漏れたとしか思えません」

米の蒸しが終わり、甑を片付けるのが甑倒しだ。最後の米を蒸し上げ、もろみタンクに投入すると、酒造りの辛い重労働が終了する。それ以降はもろみの管理と搾りだけになり、比較的楽になるのだ。

「杜氏が落ちたタンクは搾ることもできず、そのままになってます。去年の酒造りが終わらないまま、今季になってしまいました」

「それは、寂し過ぎる」

桜井会長にとっても、他人事ではないのだろう。自分のことのように悲しんでいるのが、伝わってきた。

誰からともなく、皆が庭を眺めた。風が強くなってきたらしい。塵一つなかった庭に、枯れ葉が舞い始めている。庭の隅にはひときわ高い欅の大木がそびえていた。

「樹齢四百年、創業当時の欅です」

自慢の木なのだろう。秀造は胸を張っている。

冷めた茶を一口啜り、桜井会長がぽつりと口を開いた。

「多田杜氏に線香を手向けたいのですが、お墓は岩手でしょうねえ？」

「地元に帰って葬られました」

「それならせめて、亡くなったタンクに手を合わせさせていただけませんか？」

桜井会長の言葉に、秀造の眉が上がった。どこかほっとしたようにも見える。

「ありがとうございます。きっと、杜氏も喜ぶことでしょう。この後、有機認証の団体が監査に来るのですが、まだ時間がありますから」

何かを問いかけるように、秀造が葉子たちに視線を向けてきた。民子が、それに応える。

「あたしたちもご一緒させてもらって、かまわないかい？」

「もちろんですとも。こちらからお願いしたいくらいです」

残ったお茶を啜り終え、葉子も立ち上がった。

七

葉子たちが、屋敷を出て酒蔵に入ると、室温は真冬並みだった。入ったとたんに、ぶるりと身体が震える。寒造りという言葉があるように、気温が低くなければ、質の高い酒造りはできない。

最初に秀造が酒蔵のレイアウトを説明してくれた。

「どこの酒蔵も似てるけど、うちの蔵もざっと六つの部屋に分かれます。米を洗う洗米場。洗った米を蒸す釜場。麹を作る麹室。酒母造りのための酒母室。仕込み蔵。それと酒を搾る槽場」

多田杜氏の落ちたタンクは、仕込み蔵に置いてあるという。建物の一番奥にある部屋だ。歩いて行く途中に洗米場があった。大勢の蔵人が賑やかに立ち働いている。

秀造が足を止めた。

「ちょうどいい、洗米をしています。少しだけ見て行きましょう」

洗米場は小学校の教室ほどの広さ。天井は高く、天窓から外光が入る設計で、部屋は明るい。

六人ほどの蔵人が忙しそうに作業していた。全員が白い帽子に上下白の作業着で、一抱えほどもある、銀色のカゴを持っている。中の真っ白い粒は酒米だ。十キロぐらいだろうか。

葉子の目には、米粒がとてもきれいに映った。

「秀造さん、この酒米は何？　どんなお酒になるの？」

「山田錦の六十パーセント精米。純米酒用です」

大粒の酒米も外側四十パーセントを削ると、かなり小さく丸くなる。

「酒米をたっぷりの冷水を使って洗います」

蔵人が輪になって並び、各自の前に置いたタライの水に、銀のカゴごと酒米を浸けた。そして、素手で酒米を研ぎ始め、終えると別のタライの水に浸けた。ストップウォッチで計って、一定時間水を吸わせる。限定吸水と呼ばれる作業だ。

数十秒後、水から引き上げられた酒米は濡れてキラキラと光り、小さな真珠のように美しい。

この後は、酒米を一晩おいておき、翌朝に甑と呼ぶ蒸し器で蒸し上げる。それは洗米場のすぐ隣にある釜場での作業だ。

「うちの蒸し米作業は、朝六時から一時間ほどです」

今日の分は午前中に蒸し終わっている。片付けも終わって、釜場は静まり返っていた。

その時、葉子の目は別の部屋に留まった。洗米場の通路を挟んだ反対側は、一風変わった部屋になっている。蔵の中に、大きな真四角の箱が置いてあった。

麹室である。分厚い白漆喰（しろしっくい）の壁に囲まれていた。

正面の壁に作りつけたごつい木の扉が、ひどく目を引く。がっしりとして高さが低く、大きな閂（かんぬき）に似た取っ手がついていた。

酒造りは一に麹と言われる。麹室は、酒蔵の心臓部と言ってもいい。

「烏丸さん、玉麹もこの室で作るんですか？」

ずっと黙っていた桜井会長が、初めて質問を口にした。さりげない質問に聞こえるが、目つきが鋭くなっている。

「玉麹は違います」

秀造の表情が硬くなった。

「専用の麹室があるんですか？」

「はい。そこでないと作れないもので」

短くキッパリと答えた。それ以上の質問を許さない口調だ。

玉麹は有名なこの蔵のオリジナル技術で、よその酒蔵では真似ができない。獺祭でも作ってはいない。それだけに、桜井会長も気になるのだろう。だが、それ以上突っ込んでは聞かなかった。おそらく質問をしたところで、答えもなかったに違いない。

麹室の隣に酒母室があり、その奥が仕込み蔵だった。

通路の突き当たりに大きな木製の両開きの扉があり、奥へと開く観音開きになっている。どことなく格納庫のようにも見える。

秀造が扉を押し開いた。

体育館のように天井が高く広いスペースに、高さ三メートルほどの大きなステンレスタンクが何本も並んでいる。

観音開きの扉は、内側に閂がついていた。スライドさせて、ロックするようになっている。古い扉に似合わない真新しい閂で、少しだけ場違いに見えた。

「杜氏が発見された朝、扉は内側から閂がかかっていたので、壊して入ったんです」

わざと平静を装っているのか、秀造の声には抑揚がなかった。

仕込み蔵は、酒造りの本番場だ。溶けた米とアルコールの混ざったもろみが、タンクの中で発酵している。

タンクは二重構造をしており、外側に冷却水を流して、中のもろみを冷やす仕掛けだ。酵母の発酵熱で、もろみの温度は上がろうとする。だが、低い温度で発酵させた方が、味が上品になるのだ。そこで冷却水を使って、もろみを五度くらいまで冷やす。

タンクの腹部には自動式の温度記録計が取り付けてあり、二十四時間もろみの温度を記録するようになっていた。手のひらほどの四角い箱で、中に記録紙が入っていて、温度が赤いラインで記されている。

秀造が四角い箱を指し示しながら、説明してくれた。

「もろみの発酵状態は、温度でわかるんです。発酵が旺盛だと、温度が上がり、低調だと下がります。記録計は言ってみれば、もろみの具合を見る体温計ですね」

タンクの首にあたる高さには、板張りの足場が作ってあった。もろみを掻き混ぜる作業などは、足場に上がって行う。

仕込み蔵を奥へと進む秀造の行く手、仕込み蔵の片隅がどんよりと暗い。葉子には、影が差し込んでいるように見えた。

暗い影が下りた中に、不思議なタンクが一本置いてあった。

他のタンクと、太さや高さは変わらない。だが鈍く輝くステンレスに、幾重にもビニールが被せられている。その上から太いゴムバンドが、闇雲に巻き付けられていた。

悪霊でも封じ込めているかのように。

「これです。杜氏が、落ちたタンクは」

タンクの手前で立ち止まり、見上げながら秀造が言った。金属質な声だが、微かに湿り気を帯びている。

葉子が見上げると、秀造の痛々しげな表情が目に入った。目が、悲しい。

一同は何も言えずに押し黙った。

「杜氏を引き上げた後からずっとそのまま。何も手をつけられない」

「……もろみは入ったまま？」

葉子が恐る恐る聞くと、無言の肯定が返ってきた。

杜氏が落ちて亡くなったもろみを、搾れるわけがない。宙ぶらりんなままで、秋まで来てしまったのだ。

民子がタンクに手を合わせた。

「いいタンクだ。惜しいけど、もう使えないねえ」

物理的には使用可能な物でも、心情的には無理だろう。

葉子はタンクに近寄り、ビニールの上からそっと触ってみた。痺れるほど冷たい。さっと手を引っ込める。

このタンクにも記録計は取り付けてあった。見ると、記録紙上の線は断ち切られたように途切れている。秀造がそこを指差した。

「杜氏を引き上げた朝のまま、止まってます」

記録を読むと、もろみ温度はピッタリ五度をキープしていた。記録紙には、真紅の線が一本、ピンと一直線に引かれている。温度管理が完璧だ。腕利きの杜氏だったのだろう。

葉子は赤く水平なラインを見て、なぜか心電図を思い出した。脈が止まり、上下に振れなくなった心電図のラインだ。

ブルッと身震いした。このタンクに落ちて、ひと一人亡くなったのだ。

民子も同じ思いなのか、じっと線を見つめている。瞬きもせずに視線は厳しい。

「秀造さん、ここに見えてるのは何日分なんだい？」

「まる一日分です。ちょうど二十四時間になりますね。おかあさん」

「なるほど。前の日の朝から、当日の朝までってことだ。多少の波はあっても、もろみはずっと五度を保ってる」

民子はひとり言のように呟いた。特に返事を求めている様子でもない。眉間に皺を寄せ、何か考え込んでいる。

沈黙するタンクを前に、他に口を開く者はいない。酒蔵のホールのような空間に、静寂が満ちていた。針を落とした音でさえ、聞こえそうだ。

「秀造さん、もう一つ教えておくれ。大事なことだ。多田杜氏がタンクに落ちたのは、何時だって？　正確なところが知りたい」

秀造は人差し指をこめかみにあて、ちょっと考え込んだ。少しして、唇を舐めてから、一言一言区切るように、言葉を発した。

「死亡推定時刻は、確か前の晩の八時から九時です。落ちたのもそのころでしょう」

民子は、何か納得したらしい。深く静かにうなずいた。

「そうかい。そうだとすると、杜氏は、事故で亡くなったんじゃないね」

さりげない口調で、意味深なことを言った。

「事故じゃない？　どういう意味ですか？」

怪訝（けげん）そうに、眉をひそめる秀造の顔を見つめ、民子は一呼吸置いた。きらりと目を光らせると、厳かな口調で言葉を継ぐ。

「殺されたんだよ」

「なんですって？」

「多田杜氏は、タンクに落ちたんじゃない。殺されたんだ」

鬼気迫る目をして、民子は言葉を繰り返した。そして皆が聞き入っているのを確認して、静かに付け加えた。

「死んでからタンクに放り込まれたのさ」

呆気にとられ、皆が黙りこんだ。

それを前に、民子一人だけが、勝手に納得している。

葉子はなぜか恥ずかしくなって、民子を諫（いさ）めた。

「おかあさん、大丈夫？　いきなり、わけわかんないこと言い出して。ビックリしちゃったじゃない。秀造さんが困ってるわよ」

葉子を無視し、民子は大きな声で言い放った。

「証拠がある」

「えっ？」

民子はもろみ温度の記録紙を指し示した。

「いいかい。ここには、タンクの中のもろみの温度が記録してある。最後の一日分だよ。多田杜氏が見つかった朝、止まったままだ。つまり前の日の朝から、遺体が引き上げられるまで」

民子は記録紙に引かれた赤い線を、指でなぞった。緩やかな多少の揺れはあるものの、ほぼ真っ直ぐ水平だ。

「この通り、大きな温度の変化はない。杜氏が亡くなったのは前夜の八時過ぎ」

民子が記録紙の升目を数え、やがて一か所を指差した。

「このころだね。この時間の前後、ほとんどもろみの温度変化はない。ずっと五度のままだ」

葉子にも民子が言わんとすることが、ようやく飲み込めてきた。背筋に悪寒が走る。

「ひと一人落ちたら、もろみの温度が上がらないはずがないですね」

「その通りだよ、ヨーコさん。いくらもろみタンクが大きくても、生きたまま人が落ちたら体温でもろみ温度が上がるだろ」

「なんてこった」

秀造がうめいた。

「つまり多田杜氏は、冷たくなってからタンクの中に……」

秀造の言葉の語尾は、微かになって消えた。

「そうさ。杜氏は殺されて冷たい死体になってから、タンクに投げ込まれたんだ」

民子が目を凄ませた。

葉子は冷たい手で背筋を撫でられた気がして、ぶるりと身を震わせた。

八

「警部。そんな温度計の記録くらいで、殺人事件の捜査が始められると、本気で思っとったんですか？」

もろみ温度から発覚した杜氏殺しの疑いについて、民子という老女将が説明に来た。彼女の話は理路整然として、道理にかなっている。直美は、好感を持った。

子供のころから、直美は理屈っぽいと言われてきた。生まれてこの方、筋の通らないことが許せない性分なのだ。

何よりも論理を優先すると、自然と人付き合いが面倒になった。読書など一人で過ごす時間が増え、興味がある分野だけを徹底的に学んだ。

知識は偏っていったが、気にもしない。大学を卒業後は、自然科学の研究職に就き、学びたいことだけを学んできた。

ところが、ある事件をきっかけに、今こうして警察の職に就いている。警察官になった直美の目的など、署内の誰も知らない。そして、今回の事件はもしかすると直美が追う人物につながっているかもしれないのだ。

事件の全容を摑むためには民子の話を無視するわけにはいかない。そこで、捜査を開始しようと言ったところがこの扱いだ。

「現場に呼ばれましたが、あの仕込み蔵は内側から閂がかけてありました。密室というやつです。死んだ杜氏が自分で閂かけて、タンクに落ちたのに間違いありません。それとも、あの部屋に外側から閂をかける方法を見つけたとでも？」

確かにそれは、直美も気になっていた点だった。

「おそらく物理的な方法だと思う。探せばきっとわかるはず」

「方法を見つけてから来てください。そうしたら、殺人事件として捜査を始めます」

勝木主任は黙り込む直美から目を逸らし、わざとらしく手元の書類をいじり始めた。

臨時捜査本部の部屋の中、他の捜査員も自身の仕事をしながら、耳をそばだてている。

勝木主任の言うことはもっともだが、だからといって、直美はおめおめと引き下がるつもりはなかった。

「それでは、聞かせて欲しい。ひと一人落ちて、何故タンクのもろみ温度が変わらなかったか」

直美の言葉に勝木主任が頭を上げた。不愉快そうな表情をしている。

「もろみを計る温度計は、スイッチを入れたら正確に動いた。熱量保存則から考えると、二千リッター、品温五度のもろみに体重七十キロ・体温三十六度の人間が落ちたら、もろみの品温は約一度上がるはず」

勝木主任が唇を噛んだ。

捜査員たちの手も止まっている。

「記録計に細工はなかった。門は細工をすればかけられる。殺人事件として捜査を開始できないとしても、当時の調書を調べるのと蔵の関係者から話を聞くくらいはできるんじゃないかな。こうして現場にいるわけだし」

勝木主任はしばし無言で直美と睨み合った後、フンっと鼻を鳴らした。そして渋々といった様子で、どこかへ短い電話をかけ、切ると、直美に向き直った。

「後ほど、鑑識官に資料を持って来てもらうよう話しました。そのときには警部にお声がけします」

これなら文句はあるまいと、勝木主任の目が迫っている。

直美もその視線を押し返しながら、短く礼を言った。

九

葉子たちと一緒に、座敷に戻って来た後も、秀造は肩を落としたままだった。

無理もない。手に負えない脅迫事件に加えて、多田杜氏が殺された可能性まで浮上したのだから。

話題を変えて気を紛らわせようというのか、桜井会長が秀造に尋ねた。気軽さを装っている。

「ところで今年の造りの杜氏は、どうされるんですか？」

それまでしんみりしていた秀造の表情に、少しだけ赤みが差した。

「ああ、それはなんとか、新杜氏を手配できました」

「おおっ、それは良かった。でもたいへんだったでしょう？」

桜井会長は良かったと言いつつも、心配半分といった感じだ。

秀造も難しそうな顔をしている。改めて苦労を思い出したのかもしれない。

「ええ、多田杜氏の四十九日が済むまで、何もできませんでしたから。その後で代わりの杜氏を探したんですが、遅過ぎました。どこの蔵も、次の酒造りの体制を決めてましたので、空いている杜氏などどこにもいやしない」

「そりゃ、そうでしょう。杜氏はもとより、蔵人一人欠けたって支障をきたしますもの」

「だからと言って、杜氏がいなくては話にならない。ちょうどそこへ、噂を聞き付けたと、自ら売り込みに来た杜氏がいたんです」

「ほう、売り込みに。誰ですか？」

「流離(さすら)いの杜氏とも呼ばれる、速水克彦さんです」

桜井会長が手を叩き、目を見張った。

「伝説の杜氏だ。一年契約で酒蔵に雇われ、極めてクオリティーの高い酒を造るという。でも高額な契約金を取ると聞きましたが？」

「背に腹は代えられませんから」

葉子も噂だけは聞いたことがあった。独学で腕を磨き、どこの杜氏集団にも属さない一匹狼の杜氏。腕は超一流だが気難しいという。

民子も興奮している。

「うちの店でも、速水杜氏が醸した酒を扱ったことがあるよ。熱燗にすると、妖しい色気が出てうまかったっけ。ひょっとして、天狼星の燗酒が出るのかい？」

「いえ、別銘柄で売り出します。タンク一本だけ仕込む、燗酒向きの純米酒です。酒販店も別にします」

「なんでそんな面倒くさいことをするんだい？」

民子が訝しげに、首を捻った。

「天狼星の酒質と、違い過ぎるからです」

「それなら、造らなければ良いじゃないか？」

「来てもらう契約の条件なんですよ。速水杜氏には熱心なファンが多いんです。消費者にも、酒販店にも。杜氏が勤める蔵の酒について回る、追っかけですね。その人たちのための酒です」

頭を掻いて苦笑した秀造が、唇に指を立ててみせた。

「後で酒販店だけ教えておくれ。うちの店でも扱いたいから」

秀造の話を聞いた桜井会長は、腕を組んで何か考え込んでいる。何となく心配そうだ。

「しかし、かなりの人気杜氏で、何年か先まで順番待ちしている蔵もあると聞きました。よく来てくれましたね」

「たまたま今季の酒造りは、空いていたという話で……」

秀造は途中まで話して、言いよどんだ。眉をひそめて黙り込む。

「何か、気になることでも？」

「それがですね、桜井さん。実は、契約した後で聞いた話があるのです。奈良の酒蔵に行く約束を断って違約金を払ったとか」

「よその酒蔵を断ってここに？」

秀造が思案深げに、ゆっくりとうなずいた。

「うちとしては、ありがたい話なんですが。先方に申しわけが立たない。また、そうまでして来る理由もわからない」

「こちらの酒造りに興味があったんでは？　ものすごく酒造技術に貪欲だとか。技術泥棒という噂もある。会って、話を聞いてみたいなあ。もう、いらしてるんですか？」

「はい、今日は休みを取ってますが、明日は出て来ます。桜井さん、どうでしょう。今夜は泊まっていかれませんか？」

「それはありがたい。よろしいですか、お言葉に甘えても」

「どうぞ、どうぞ。楽しみにしててくダッサイ」

「あっ、ダッサイ取られた。烏丸さんも駄洒落を言うんですなあ」

桜井会長が朗らかに笑った。

「洒落って、酒っていう字がつくじゃない。やっぱり、日本酒と切っても切れない縁なんですよね」

葉子の言葉に民子が嬉しそうに笑った。

「ヨーコさん、洒落の酒はサンズイに西。酉(とり)じゃないんだ。一本足りないって言われちゃうよ」

「あちゃ〜っ、しまった」

明るく頭を掻く葉子の様子に、皆が楽しそうに笑った。

そのとき、バタバタとした足音に続いて、秀造を呼ぶ声が響いた。若い蔵人が一人、座敷に駆け入って来る。

秀造の顔が険しくなった。

「なんだ、騒がしい。お客さんがいらしてるんだぞ」

「社長、オーガペックが来ました」

聞いた瞬間、さっと表情が強張った。目を大きく見開いている。

「えっ、オーガペックが!?　なんで？　まだ早過ぎるよ。どうして、こんな早く来るかな？」

秀造は腕時計を確認し、天を仰いだ。

オーガペックは、圃場の有機栽培を認証する認定機関だ。

葉子も、その名には聞き覚えがあった。確か、いろいろ悪評がついて回っている。認証にあたって、周囲に甚大な迷惑をかけるとか。烏丸酒造にはちょっと似合わない気がした。

「兵法の教え、相手の不意を討つってやつじゃないでしょうか。リーダーの外国人、孫子好きでしたから」

秀造は蔵人の言葉にうなずいた。苦虫を嚙み潰したような顔をしている。

「うーん。確かに、やりかねないな。あの連中なら」

ふぅーっと、大きくため息をつく。そして葉子たちに向かって、深々と頭を下げた。

「すみません。予定より早く、お客さんが来ちゃいました。相手をしないと」

皆の返事を待つ間もなく、慌てて飛び出して行った秀造を、葉子たちは呆気にとられて見送った。

十

酒蔵の事務所の中に扉を開き、誰かを待っている部屋があった。

直美が入ってみると、テーブルの上に分厚いパイプ式ファイルが、整然と並んでいる。百冊以上あるだろうか。誰かに見せるために準備されたのは、一目瞭然だった。これから鳴るゴングを待っているかのようだ。

喧噪と共に、秀造が引き連れた十人ほどの集団が部屋に入って来た。全員が黒い制服に身を包み、規律正しい。どことなく軍隊に似ている。

秀造は直美に気づくと、一瞬目を丸くしたが、すぐに一人の外国人を紹介してきた。

「有機認証認定機関オーガペック、検査官スティーブン・ヘイワードさんです」

「ハジメマシテ、ヨロシクオ願イシマス」

有機農産物および有機加工食品の日本農林規格登録認証機関オーガペック。

所属するスティーブンは、痩身で小柄な体型をして、真っ青な瞳にブロンドの髪をしている。

手短に挨拶すると、メンバーに指示を出し始めた。

予め担当が決まっていたのか、各自が迷いもなくファイルを開いている。無言で内容をチェックし始めた。何度も来ているのだろう、手慣れた雰囲気だ。

「これからオーガペックの監査があるんです」

秀造が仕事にかかっているメンバーを、見回して言った。

「何の監査？」

「田んぼの有機認証です」

「さっき、毒を撒かれた田んぼの？」

「違います。悔しいけど、あの田んぼはダメです。毒を撒かれたら、認証どころじゃありません。他の田んぼです」

「烏丸サン、残念ナコトニナリマシタネ」

スティーブンはメンバーの間をキビキビと動き回って、あれこれ指示を出しながら、こちらの話にも聞き耳を立てているらしい。

「仕方がないよ、スティーブン。また来年、一からやり直しだ」

「本当ニ今年ハ、見ナクテモ良イデスカ？　人員ハ揃エテ連レテ来テマスガ？」

「監査しても無駄とわかってる田んぼに、時間とお金を割くわけにはいかない」

秀造のキッパリとした言葉に、スティーブンがようやく納得した。

そのやりとりを聞き、直美は首を捻った。

「何やら、たいへんそうだけど。何故、そうまでしてオーガニックに？」

その問いに、スティーブンが答えた。この質問には、慣れているらしい。

「オーガニック農法ハ、世界的ニハ当タリ前ニナリツツアル。輸出ノ際ニモ、オーガニックト、ソウデナイノトハ、扱イガ全ク違イマス。農薬ヤ化学肥料ヲ使ウ慣行農法デハ、一段低イ物ニ扱ワレテシマウ。ダカラ、有機認証取ルトコロ、スゴク増エテイル」

秀造が近くのファイルを開き、認証について書かれたページを指で示した。

「ただ、有機認証を取得するには、農薬と化学肥料を止めてから、三年以上かかります」

土壌に残留した農薬や化学肥料は、自然の中で分解されたり、雨水に流され、徐々に濃度が低くなる。だが、有機栽培と認められるレベルまで下がるのに、最低三年はかかるらしい。

さらに、近隣の田畑からの化学物質の飛散もある。そこで、隣田との距離や隣の栽培物の種類、栽培方法もチェックされるという。

「毒を撒かれた田んぼは一年目でした。今年が初年度の査察で、順調にいけば三年後に、有機認証を取得できる予定だったんですが」

秀造が、悔しそうに唇を噛んだ。

樹脂板で田んぼに囲いを立てるだけでも、認証は取れない。化学物質溶出の恐れがあるからだ。毒を撒かれたら論外である。

春から半年間にわたってつけてきた栽培日報、使用した有機の肥料や、資材の品質証明書……。それらが、すべて無駄になってしまったらしい。

「デモ、本命ノ田ンボガ、無事デ良カッタ。不幸中ノ幸イデスネ。間違エテ毒ヲ撒カレタ田ンボニハ、気ノ毒ダケド」

うなずきながらも、秀造は少し後ろめたそうに見えた。

監査の邪魔にならないように、直美と秀造が表に出てみると、葉子と民子、富井田課長が輪になって盛り上がっていた。どうやらオーガペックの話題らしい。

十一

葉子の見ている前、蔵の前に広がる田んぼで、オーガペックの別働隊がドローンを飛ばしていた。どうやら、組み立て具合の調子を見ながら、細部を調整しているようだ。

「田んぼの現地調査のときにドローンを飛ばして、上空からも周囲を調べるんです」

富井田課長が、苦々しげに呟いた。

葉子には遠目にもボディがくすんだ色合いで、ざらついて見える。

「なんか、ただのドローンじゃないみたい」

「ヨーコさん、よくわかりましたね。ああ見えて、あのドローンは超高価なんです」

「あんなのが、高いんですか？」

葉子は驚いた。地味な鼠色で、全く高そうに見えない。

「あれ、最新の環境保全型ドローンなんです」

「環境保全型？」

「バイオドローンとも言って、筐体(きょうたい)やプロペラに生分解性プラスチックを利用して、自然環境の中で消滅するようになってるんですよ」

葉子は目を丸くした。

「なくなる？　プラスチックが？　嘘でしょう。なんでなくなっちゃうんですか？」

「デンプンを主原料にした樹脂なんで、微生物がエサにして食べちゃうんです。配線とか、電気系に使う金属は別ですが、それも微々たるものでやがて錆びてなくなります」

生分解性プラスチックは高価だが、環境に優しいという触れ込みである。そのため近年、急速に用途が拡大して来ている。

屋外でも数年以内。堆肥のように微生物が多い環境だと十日くらいで、分解されてしまうらしい。

「環境調査や撮影中のドローンの墜落は、けっこう多いんですよ。それが回収できなくて、環境汚染問題になってます。そんな中、バイオドローンは、自然に分解するので、需要が高まってきてるんです。アフリカで、土着の伝染病を研究している大学や、シルクロードのレアメタル探査など、辺鄙(へんぴ)で過酷な地域で使われ始め、近年は大学や公の研究機関など、持続可能な開発目標を標榜するところで、広く使われるようになりつつあります」

葉子は目から鱗が落ちる思いがした。

「オーガペックは環境に優しい機関だって、アピールしたいんですね？」

「その通り。奴らそういうところが、本当に上手なんです」

富井田課長が、うんざりした顔で肩をすくめた。

葉子はオーガペックについて、あちこちの酒蔵での取材中に、様々な苦情を聞かされたのを思い出した。

「トミータさん。なんで秀造さんは、オーガペックなんかに頼んでるんでしょう？　有機認証の団体なんて、星の数ほどあるのに。一番、評判悪いですよね」

「ヨーコさんの言う通りです。頼むに事欠いてオーガペックとは。まったくもって、最低ですよ。僕はずいぶん前から、あそこだけはやめた方が良いって言ってるんです」

富井田課長が唾を飛ばし、大きくうなずいた。

「あそこはですね。普通、年一回しか来なくていい検査員が、何回も押し掛けて来る。それも、全く必要ない時期に必要以上の大人数で、です」

「交通費と宿泊費は、申請者持ちだって聞きました」

「その上、認証料は相場の十倍以上。おまけに、申請した田んぼだけでなく関係のない周囲の田んぼにまで、勝手に立ち入り見て回る。近隣の農家とは、必ず悶着を起こしてます」

富井田課長は、相当オーガペックに痛い目に遭わされたらしい。明らかに、敵視している。

気づくと、秀造が背後で話を聞いていた。

富井田課長の非難が一段落すると、秀造が苦笑いした。

「まあ、確かにそうなんだけど。最初にオーガニック認証取ろうと思ったとき、右も左もわからなかった。そのときに、指導してくれたのがスティーブンだったんだよね」

有機栽培のやり方の指導を仰ぎ、数年かけて最初の田んぼの認証を取得し、徐々に認証田を、増やしてきたのだという。

「確かに今となっては、新しい田んぼの認証はよその機関でもいいんだけど、今までの付き合いもあるし、ついオーガペックに頼んじゃうんだ」

富井田課長が、大きく首を左右に振る。

「烏丸さん、今からでも遅くはありません。既に取得したところはともかく、新しく認証を取る田んぼは、よそに頼みましょう。県の認定機関とか、もっと良いところはいくらでもあります。僕が紹介しますから」

「来年はそうしようかな」

秀造が渋々うなずいた。

富井田課長が約束ですよと、念を押している。

ふと見ると、直美が少し離れて立っていた。話の輪に加われないでいるのかもしれない。

葉子は話しかけようと、近づいてみた。

「ご存じですか？　オーガニックって、語源は楽器のオルガンと一緒なんです」

「オルガン？」

直美は何かが腑に落ちたらしく、目を輝かせた。

「と、言ってもパイプオルガンですけど。あのパイプが、動物の臓器器官に似てるから。オルガンって、器官って意味なんです」

「確かにあのパイプは、動物の内臓に似ているかもしれない」

「有機物は大昔、生物の器官でしか作れないと、思われてました。いまだにその名残があるんですね」

「そうか、有機とは昔ながらの生物が作り出す肥料のことなのか」

何やら、一人で唸っている。

富井田課長も、直美のことを気にしていたらしく、自然栽培について直美に説明し始めた。

さすが、農林水産省からの出向で、県庁に来ているだけのことはある。官僚らしく、こういう話題が得意と見える。

「自然農法って昔の言い方で、今は法律的にその言葉は使わないことになってます。もちろん農薬と化学肥料は不使用。それに加えて田んぼの中や用水の水路など、栽培に関係するところすべてにケミカルな素材を使わないのが、オーガニック農法なんです」

自分勝手にやっている分には、たとえ農薬や化学肥料を使わなくても、有機栽培とは名乗れない。社会的なルールに則った上で、認証団体にお墨付きをもらう。それで初めて、オーガニックと名乗ることができるのだ。

富井田課長の話が一段落したところで、葉子は秀造に尋ねた。

「有機認証を取ってる田んぼの継続審査って、どのくらいかかるんですか？」

「まず書類審査を行って、その後現地調査になります。たぶん、明日の午後くらいまででしょう」

富井田課長が、自信満々、憎々しげに断言した。

「明日も風の壱郷田で、絶対一悶着起こしますよ。あいつら、そういう奴らなんです」

ふと、葉子の頭に疑問が浮かんだ。

「秀造さん、風の壱郷田は毒を撒かれちゃったのに、有機認証が取れるんですか？」

有機認証を取るのは、たいへんハードルが高いと聞いていた。ましてや、相手はオーガペックだ。

質問をした瞬間に秀造の顔が強張った。葉子の顔を凝視したまま動かない。

しばしの間の後に覚悟を決めたらしく、おずおずと口を開いた。

「毒を撒かれた田んぼは無理です。でも、風の壱郷田は毒を撒かれていないので、有機認証を取れるんです」

「へっ？」

葉子は我ながら間抜けた音を、口から立てた。言われた言葉が理解できない。

「風の壱郷田は毒を撒かれてないって、どういう意味ですか？」

秀造がサッと頭を下げた。腰から上体を直角に折る。軍人のように美しい。

「ヨーコさん、ごめんなさい。今朝の田んぼは風の壱郷田じゃないんです」

葉子は混乱した。何を言われているか、やはり意味がわからない。

「風の壱郷田じゃない？　だって、超特級田って。超特級田の草取りをさせてくれるって、秀造さんが言ったじゃないですか」

葉子は、目をパチクリした。

頭を上げた秀造は、しばし口ごもったままだった。やがて、申しわけなさそうに口を開いた。

「あそこは、『白椿香媛（しろつばきかおりひめ）の田』という田んぼなんです」

「どっ、どういうことなんですか？」

「ヨーコさんが、草取りをしたいって言うから、あそこに連れて行ったんです。雑草がいっぱい生えてるのがわかっていたし。行けばわかりますけど、風の壱郷田には雑草なんて一本も生えてないんですよ」

「へぇっ？」

また、間抜けな音が口をついて出た。

「てっきり、あそこが風の壱郷田だとばかり」

秀造が再び深々と頭を下げた。

「本当にすみません。あんな事件がなければ、草取りの後、すぐに話すつもりだったんです」

「ぶわっはっは」

隣で話を聞いていた民子が、大声で笑い出した。

「どうりでね、ヨーコさんから話を聞いて、なんか変だと思ってたよ。百万円の酒の田んぼにしては、手入れが悪過ぎるって」

やりとりを聞いていた直美の口元も緩んでいる。どうやら、彼女も知っていたらしい。

葉子は悲しさに涙が落ちそうになるのを、懸命に堪えた。

「ひどい、ひどい。秀造さん、ひど過ぎる。風の壱郷田がたいへんなことになっちゃったって、心から心配して……だから、警察の人にも抗議したのに」

悔しさと、憤りも混ざり、どんどん声が大きくなる。

「それがみんな嘘だったなんて。わたしだけが馬鹿みたいじゃないですか！」

葉子が詰め寄ろうとすると、秀造は慌てふためき、両手を大きく振って遮った。

「騙(だま)すつもりじゃなかったんです。ごめんなさい。ちょ、ちょっと待っててください」

秀造は回れ右をすると、脱兎のごとく走り出し、事務所へと駆け込んで行った。

すぐに一本のボトルを抱えて戻って来ると、葉子へと差し出してきた。深々と頭を下げている。

「ノンラベルですが、純米大吟醸酒『風の壱郷田』です。せめてものお詫びのしるしにどうか飲んでください」

再び葉子は驚いた。一本、百万円の酒ではないか。

「結果として騙してしまった上、脅迫事件にまで巻き込んでしまった。こんなことしかできないけど、どうか許してもらえませんか」

今度は、葉子が申しわけない気持ちになる番だった。

「こんな高価で貴重なお酒は受け取れません」

「中身は一緒ですが、百万円で売っているものじゃありません。品質確認のために同じロットをある程度、保管しているんです。もちろん、味は一緒ですけど」

「秀造さんもせっかくこう言ってくれてるんだ。もらっておきなよ、ヨーコさん。もちろん、あたしにも味見させてくれるだろ」

民子がにっこりと笑った。

真綿に酒が染み込むように、葉子の心の中にじわじわと喜びが湧いてきた。

「本当にいただいても、良いんですか？」

それを聞いた秀造が、ホッとしたように微笑んだ。

「飲んだら、ぜひ感想を聞かせてください」

秀造からボトルを受け取ると、想像した以上にずっしりとした重みがあった。

そのとき、葉子はハタと気づいた。

「あれっ、風の壱郷田は無事だった。ってことは、犯人は間違って別の田んぼに毒を撒いちゃったんですね？」

「白椿香媛の田は、風の壱郷田と近いんです。真っ暗だったら、自分でも道を間違えるかもしれません。一つ、角を曲がり忘れたんでしょう」

葉子は、桜井会長が言っていたことを思い出した。風の壱郷田の方向が違うと。桜井会長の言うことが、正しかったのだ。

「先週、風の壱郷田の看板が盗まれたんです。困ったいたずらをする奴がいるなと思ってたけど、かえってそれが幸いしたのかもしれません」

直美が、苦笑いした。

「目印がなくて間違えたんだな。災い転じて福と為ったということか」

「だからと言って、何も安心はできませんけど」

脅迫犯が目的の田んぼと間違えて毒を撒いたと言っても、状況は全く変わらない。風の壱郷田が、無防備なことに、変わりはないからだ。毒を撒く気になれば、どこにでもいつでも撒ける。脅迫状は有効なのだ。

十二

脅迫事件の進展のないまま昼近くになったとき、秀造が騒ぎ出した。田んぼの騒ぎで昼ご飯の弁当を頼み忘れたという。

「わたしたちが、作りますよ」

葉子の一声で、民子と二人、賄いを作ることになった。幸い食材はあったので、遠慮する秀造を押し切ったのだ。

プロの中のプロである民子はもちろん、食のジャーナリストとして料理歴の長い葉子も、料理には自信がある。

烏丸酒造の広い調理室は清潔そのもので、非常に使いやすかった。

作業を始めて間もなく、民子が納豆を取り出してきた。納豆は酒造りの大敵なのを知らないらしい。葉子が止めようとしたとき、覚えのない大声に叱責された。

「あっ、ダメダメ。納豆は使っちゃダメだす」

驚いて振り向くと、調理室の入り口に、ぽっちゃりした女性が立っていた。身長は小柄な葉子より、さらに少し低い。年齢は一回りくらい上だろうか。太ぶちメガネの奥に、パッチリとつぶらな瞳が輝いていた。四角い革の鞄を提げている。

「納豆菌は、すんごく強いっすから。酒造りの大敵なんだす。賄い飯作るなら、使っちゃならねえっすよ」

確かに納豆菌ほど、元気な菌はいない。酒造りに紛れ込むと、麹菌や酵母が負けてしまう。確実に風味が落ちるため、酒蔵では冬場の納豆は禁物なのだ。

どこの酒蔵でも、酒蔵見学者が納豆を食べて来ると断っている。

目を丸くしていた民子が、頭を掻いて笑った。

「そんなに強い菌なのかい。そりゃあ知らなかった」

言いながら、さっさと納豆をしまっている。自分の好物なので、そうとは知らず買ってきてしまったのだろう。

葉子は女性に歩み寄った。

「お蔵の賄いの方ですね。日本酒と食のジャーナリストをしてる山田葉子と申します。こちらは矢沢民子さん。居酒屋を切り盛りされてます」

先方が手を差し出してきた。

「毎冬、賄いを作りに来てる、佐藤まりえだす」

握手した手は厚くて柔らかい。しっかり力がこもっていた。

「あんた、いい手してるね。料理上手だろう？」

民子も同じことを思ったらしい。

「とんでもねっすよ、民子さん。年季が入ってるだけっす。何、作ってるっすか？　手伝うだすよ」

「そりゃ、ありがたいね。でも、今来たばかりだろ。休んでなくて大丈夫かい？」

「なんも、なんも。ずっと電車乗って来たっすから、身体動かしたくて、しょうがないんだすよ」

まりえは二十年以上も、冬の烏丸酒蔵で賄い仕事を続けてきたという。

杜氏や蔵人と一緒に泊まり込み、一冬を酒蔵で過ごす。酒造りする者たちの胃袋を預かってきたのだ。

江戸時代に寒造り、つまり冬場だけの酒造りが、伊丹で始まった。そして必然的に、冬場雪に閉ざされる北国の出稼ぎと結びつく。杜氏集団の誕生だ。酒造りに特化した、高度技術集団である。

杜氏を筆頭として、麴作り担当の麴屋、酒母を造る酛屋(もとや)、槽を担当し酒を搾る船頭、米を蒸す釜屋など、それぞれの専門技術を磨いた者たちが集った。

当時の地域食は、今と比較にならないほど多種多様だった。職人は地元の味付けでないと、力が出ない。そのため賄い婦も、重要な役割を背負い、杜氏集団の一翼を担っていたのだ。

まりえは手作業が速いだけでなく、よく気が回る。一緒に調理を始めて、すぐにそれがわかった。三人はあっという間に意気投合した。

酒粕(さけかす)の味噌汁に、鮭の粕漬け焼きなどが瞬く間にでき上がっていく。

「そういえば」

まりえが料理の手を止めずに、首を傾げた。

「なんか、蔵が騒がしいっすな。見知らぬ人もたくさんいるし、何かあったんだすか？」

葉子が簡潔に説明すると、まりえはため息をついた。

「そっすかぁ。用件さ話したら、さっさとお暇(いとま)するつもりだったすけど、そうもいかなくなっちまったすなぁ」

賄いができ上がり、蔵人たちに渡した後で、三人はテーブルを囲んだ。

食べ始めてすぐに飛び込んで来た人影があった。秀造である。

何かを捜すように、辺りをキョロキョロ見回す。そして、まりえを見つけると、大きく目を見開いた。

「あーっ、まりえさん。ホントだ。ここにいたんだ！　見かけたって人がいたから、半信半疑だったんだけど」

「おーっ、秀造さん。お世話さんでございます」

まりえが丁寧に頭を下げる。秀造がその手を取った。

「今日はどうしたの？　蔵入りにはまだちょっと日があるのに」

「ちょっくら話があって、来させてもらったす」

「今、ちょっと立て込んでるんだけどねえ」

そう言ったとたんに秀造は何かを思いついたらしい。ハッと、表情を引き締めた。

「まさか今年の冬の酒造りには、来られないなんて言わないよね」

まりえが頭を掻いた。

「やぁーっ、実はそうなんだす」

「困るよ、それ。みんな、まりえさんの賄い大好きなのに。ショックだな。やっぱり、おやっさんがいないからってこと?」

まりえはちょっと恥ずかしそうに、小さくうなずいた。

「しょっしい。けど、康一さんがいねえんでは、ここに来る理由もないっすから」

「みんな、待ってるんだけどねえ」

思わぬ展開に、葉子は驚いて大声を上げた。

「康一さんって、亡くなった杜氏さんですね?　ひょっとして、まりえさんの恋人だったんですか?」

「んだんだ。こっちでは一緒に暮らしてたんだす。あいやー、こっぱずかしいっすなあ」

「ひょえーっ、それは意外な展開だ!」

「康一さんは、それはそれは優しい方でしてなあ。ヨーコさんも美人さんだすから、あの人がここにいたら、きっと放っておかなかったに違いないっすよ」

秀造がそれを聞いて苦笑いした。

「優しかったなんて、何言ってるの。おやっさん、蔵人たちにはとことん厳しかったよ。二言目には、すぐ出てけって言ってた」

秀造は、ふっと視線を宙に向けると、懐かしそうに微笑んだ。

「掃除し終わったばかりの部屋を、掃除しとけって言われた蔵人もいたなあ。済ませてますと口答えしたら、俺の言うことば聞けねえなら出てけって怒られてた。酒造りの腕は良いけど、それはもう頑固で怒ってばかりいたよね」

まりえが首を傾げている。

「不思議だすなあ。康一さん、おらにはとことん優しかったっすよ。ずいぶん良くしてもらいましたなぁ。毎冬がそれは楽しみで。名人と言われた杜氏と一緒に暮らせて、お世話させてもらえて……本当に幸せだったす」

「酒造りだけじゃなく農業も、おやっさんの腕は確かだったねえ。今朝方、毒を撒かれた田んぼは、去年の春から面倒を見てくれてた。土作りから草取りまで。去年の夏なんて、自腹で岩手から見に来てくれたっけ」

「だすだす。あんときは、一緒に連れて来てもらいました」

ふっと明かりが消えたように、まりえと秀造は黙り込み、どこか遠くを見る目になった。しばらく沈黙が続いた後、まりえがぽつりと言った。

「あんなに仕事のできる人が、なんでタンクに落ちるだすかなあ。今でも信じられねっす。なっ、そう思わねっすか、秀造さん？」

秀造がハッとして顔を上げる。何か言いかけて、その言葉を飲み込んだ。困ったように視線を民子に向ける。

民子はうなずき、秀造に代わってまりえに語りかけた。

「ああそうだね、まりえさん。あんたの言う通りだ」

怪訝そうな顔に向かって、民子は言葉を継いだ。

「たぶん事故なんかじゃない。さっき、警察にも話したんだけど」

民子が、正面からまりえの目を、じぃっとのぞき込んだ。

「多田杜氏はね、殺されたんだよ。死んでから、タンクに放り込まれたんだ」

その真剣な眼差しに、まりえは嘘ではないと悟ったらしい。

「うっ、嘘っ……」

まりえの瞳から、大粒の涙がポロポロとこぼれ落ちた。

第二章　身代金の謎

一

脅迫犯からの二通目、要求状は郵送で届いた。

午後の配達の中に、差出人のない白い封書が混ざっていたのだ。

鑑識官が手袋をして郵便物を仕分け、その封筒を選り出した。

「消印は神戸市内。投函されたのは昨日です」

百五十万人都市だ。つまり、手がかりにはならない。

勝木主任がうなずくと、鑑識官は封筒を透かして見てから封を切った。手紙と封筒の指紋を確認し、首を左右に振った。

手袋をした秀造が、手紙を受け取って開く。

文面を見た瞬間に眉が上がり、口をぽかんと開けた。そして小首を傾げると、訝しげな顔で直美に差し出してきた。

「要求状なのは間違いないようですが……」

直美も手袋着用で手紙に目を通したが、かなり意外な要求だった。

「よういしたごひゃくまんえんでげつようのひょうごしんぶんちょうかんにぜんめんこうこくをかくほしろ」

直美は目を疑い、もう一度読み返したが、内容は変わらない。書いてあるのは、それだけだった。

「何を言ってるの？　この人は」

思わず呟いて、放るように勝木主任に手渡す。

一目見るなり、勝木主任もうめき声を出した。

「なんや？　身代金で新聞広告を出せやと？」

その場の捜査員全員が、争うように要求状をのぞき込んだ。

「犯人はそんなんでええんかいな？　準備した身代金が全部なくなってまうで」

勝木主任は怒り出している。

「受け渡しがないとなると、犯人を捕まえる機会もあらへん。まったく、なんちゅう要求を出してくるんや。こいつは」

「広告はどうしましょう？　兵庫新聞なら付き合いがあるので、五百万円は後払いで済むから、ありがたいですが」

困惑した秀造の問いに、勝木主任は頭を掻きむしった。

「身代金なら犯人捕まえれば、取り返せますやろ。それが、新聞社に払うとなると、五百万円が戻って来ることはありえません。払ってくれとは、とても言えませんわ」

勝木主任は怒りが収まってきたのか、今度は頭を抱えている。

「しかし、いったい何のために広告を出せなんて？」

直美は、少し前に伝え聞いた話を思い出した。

「そういえば以前、獺祭が新聞広告を出したことがあったと聞いたけど」

「ええ、ネットで不正流通している不当に高い商品は、買わないで欲しいって広告でしたね」

秀造はさすがに、業界情報に詳しい。

「その辺に、獺祭の会長がいたはずです。話を聞いてみるのはどうだろう？」

直美の提案に、誰も異論はなかった。

臨時捜査本部に桜井会長が入って来ると、民子も一緒だった。

「ヨーコさんは、雑誌の原稿を印刷して校正するって、近くのコンビニに行ったよ。すぐに帰って来ると思うけど、待ってるかい？」

「いや。おらんでも大丈夫や」

勝木主任が桜井会長に問いかけた。

「来てもろうたんは、酒蔵が全面広告を出すときのことを聞きたいからです。どんな感じか、教えてもらうことはできまへんか？」

「広告って普通は新製品を出したときとかに出しますけど」

桜井会長は当惑気味だ。

「以前、御社では変わった新聞広告を出されたとか？」

「ああ、あのことですか」

訝しげだった表情がスッと晴れた。

「わたしどもの造ってる酒が、不当な価格で売られていたんですよ。ネット通販やスーパー、ディスカウントストアで。定価の三倍以上もしていました」

「高く売れるのは、いいことでは？」

直美の言葉に、桜井会長はキッと鋭い目線を投げてきた。

「葛城警部、それは違います。そんな売り方をしてる業者は、日本酒の管理が悪いですから味が落ちる。そういう酒を飲んだお客さまに、獺祭は美味しくないと言われたこともあります」

獺祭は酒蔵から販売店へ、クール便で届き、店では必ず冷蔵庫の中に並ぶ。それを消費者が買って帰って飲むので、開栓したてはフレッシュだ。だが、不当な価格で売る店は違う。販売店で消費者のふりをして買い集め、それを常温で店頭に並べる。時間も経っているので、味が落ちてしまう。

「わたしどもは毎日、どうにかして、もっと美味しい酒を造ってやろうと努力してます。それが、流通の過程で台無しにされるのは、我慢なりません。だから、新聞広告を出したんです」

全国紙に全面広告を出し、獺祭の定価と正規販売店の一覧を掲載したのだ。不当に高い価格で買ってくれるなという、告知である。

「売り上げが落ちたという話では？」

「警部のおっしゃる通り、一時的には下がりました。営業には、会長のせいだとずいぶん怒られましたよ」

桜井会長は頭を掻いてみせた。だが、その仕草とは逆に表情は明るい。

「でも、その後で持ち直してます。すぐに、広告以前の水準を、上回りました」

民子が桜井会長を見上げ、満面の笑みを浮かべた。

「ちょっと日本酒に詳しい者ならね、皆わかってるのさ。冷蔵庫に入れてない純米大吟醸は変だって。だから、あの広告を見たときには、思わず手を打って拍手ダッサイしたよ」

民子が、さもおかしそうに大笑いした。

「ええ話やけど、今回の事件では参考にはなりまへんなぁ」

「勝木主任、何があったんですか？」

「要求状が届いたんですよ。身代金で新聞広告を出すようにと」

桜井会長の問いに、勝木主任が状況をかいつまんで説明した。

その場の全員が、狐につままれたような気分である。

「一筋縄ではいかない相手だな」

直美の言葉に民子はじっと考え込んだ。どことなく、悔しそうに見える。

「まさか広告とは……」

首を捻る民子をよそに、桜井会長が重々しく口を開いた。

「怨恨ではないでしょうか？」

「怨恨？」

勝木主任の目が、輝いた。

「そう。烏丸さんに痛い目に遭わされた人が逆恨みをして、謝罪広告を出させようと思っている。それなら筋が通ります」

「謝罪広告って何やろ？」

「烏丸さんの酒のイメージが、悪くなるようなことですね。たとえば、使っている有機肥料が認証から外れてるとか。以前に秋田の肥料会社が認証基準に満たない商品を偽って販売したことが発覚した際は、猛バッシングに遭いました。それから、使っちゃいけない添加剤を入れてたとかも考えられます。いずれにせよ天狼星のイメージを、落とすのが目的なのでは？」

「桜井会長、ええこと言うわ。きっとそれやろ」

　勝木主任が手を打って、大きくうなずいた。

「そうするとですな、烏丸社長。こちらの酒蔵を恨んでいる者に心当たりはどないですか？」

　秀造は一瞬戸惑ったが、すぐにムッとした表情になった。どうやら心外らしい。

「うちの蔵はそれは真っ当な蔵ですから。他人から恨みを買うことなど、全くありません」

「ほな、烏丸さん個人としてはどないです？」

「なおのこと、他人に恨みを買うようなことは何一つありません」

「そうでっか。でも、こちらは大したことないと思ってても、相手が根に持つことはよくあるこって。烏丸さん、ちょっと考えてみてくれはりませんか？」

　勝木主任がやんわりと促すと、秀造は考え込んだ。やがて、ぽつり、ぽつりと話し出した。

「強いて言うなら、蔵を継いですぐに大リストラをやりました。あのとき、首を切った社員の中には、恨みを持ってる者はいるかも」

「なるほど、逆恨みですな」

「あと二十年以上前ですが、近所にあった酒蔵が、銀行の貸し剝がしにあって潰れたんです。そのとき、近くに酒蔵は二軒もいらんと言われたみたいで。蔵元がショックで亡くなったとき、うちのことを大層恨んでいたと、後で聞きました」

「遺族が、恨んでるかもしれませんな」

「うちの酒は人気なので、新規の酒屋の取り引きはすべて断ってるんです。ところが、そこをなんとかと、押しかけて来た酒屋がありました。あまりにしつこいので、力ずくでお帰りいただいたんです。そのとき、もみ合って転んだ拍子に歯が折れて、怒って捨て台詞を吐いた酒屋もいたような」

「けっこう、いろんな恨みを買うとるようやないですか」

「人って生きてるだけで、鍔迫り合いに巻き込まれちゃうんですよ」

秀造はふっとため息をつき、肩をすくめた。

二

烏丸酒造から最寄のコンビニまで、歩いて二十分ほどだった。田んぼのど真ん中で、十字に交差した農道の角に建っている。まわりには田んぼしかないのに、駐車場は満車。店内も客で賑わっていた。

葉子は複合機でメール添付のファイルを印刷した。コーヒーを買い、イートインコーナーで飲みながら、赤字を入れて修正する。スマートフォンで写真を撮り、メールに添付して出版社に送り返せば仕事完了だ。

週刊誌に連載中の酒蔵紹介の記事は、おかげさまで好評。連載も三年を超えた。

コーヒーを飲み干して、店を後にする。

西の地は、まだ日が長い。秋も深まり、東京ではもう夕暮れどきのはずだが、ここの空には、まだ明るさが残っている。

やがて田んぼが終わり、集落に入るとすぐに神社があった。

ちょうど村の秋祭りに、当たったらしい。幟（のぼり）がはためき、二、三屋台が出ている。

鳥居の前に、軽トラックが停まっていた。参道のど真ん中で、通行の邪魔になっている。

コンビニに行くときには、いなかったはずだ。

葉子は軽トラのナンバーを見て、ハッとした。桜井会長が、クーペに追突した車のナンバーを言っていた。確か、この数字だったはず。

ちょうどそのとき、神社から太った男が飛び出して来た。アニメのTシャツに、ジーパン姿で軽トラに飛び乗ると、いきなり走り出した。

スピードを上げながら、こちらへ向かって来る。慌てて、道路から下りて避けた。

軽トラは大きく蛇行しながら、走り去って行った。

一一〇番しようかと思ったが、今は被害に遭ったわけでもない。烏丸酒造に戻ってから、警察に伝えれば済むことだ。

それより、神社で何をしていたのかが気になる。調べてみようと、葉子は鳥居をくぐってみた。

こぢんまりした神社だったが、木々は鬱蒼としている。木陰では肌寒さを感じるほどだ。足元の草むらで、鈴虫が鳴いている。

風にのってラジオのニュースが、流れて来た。

狭い境内は人影もまばらで、はずれに女性が一人、ぽつんと立っているくらいだった。

屋台は綿飴屋と五平餅屋などが出ているが、さっきの太っちょが何をしていたのか、手がかりは全くない。

ふと少し離れた一つの屋台が、葉子の目を引いた。たこ焼き屋だ。焼いている大男が気になる。大きな鉄板がまな板くらいに、小さく見えるのだ。

屋台を囲んでいた子供たちが駆け出して来る。あっという間に、葉子の横を駆け抜けて行った。

「タコ人間の焼くたこ焼きは、うっまくねえなぁ」

子供の一人が歌うように大声を出すと、仲間が笑い出した。

「うっまくねえ、うっまくねえ」

上手にハモって連呼しつつ、走って逃げて行った。

「誰がタコ人間じゃっ。こらッ！」

大男が低い声で毒づいている。

つるつると剃り上げた頭に、手ぬぐいの捻じり鉢巻きをしている。丸々と太い腕に、分厚い胸板。確かにタコに、似てなくもない。

騒ぎ立てる子供たちが、角を曲がって見えなくなった。

葉子が振り返ると、大男が葉子を見て薄く笑っていた。細く長い、吊り上がった目に、一瞬だけ背中に冷や汗が流れた。

「ねえちゃん、一皿どうや？　安くしとくけ」

低くドスの利いた声だ。

たこ焼き一皿なら、悪くないかもしれない。そういえば小腹も空いてきた。

無理やり笑顔を作り、黙ってうなずく。

大男は鉄板の丸い凹(くぼ)みに生地を流し込み、たこも入れた。竹串でクルクル回し始める。注文を受けてから焼くのが流儀らしい。

回転がどんどん速くなり、目にもとまらないスピードになる。惚れ惚れする手捌きだ。

焼き上がりを判断し、絶妙のタイミングで、ポンポンポンッと箱に詰めていく。

たこ焼きは、小さめの一口サイズだった。外側がカリッと硬く、中心部はとろり。小麦粉の風味は上品で、不思議な香ばしさもあった。食べて思わず声が出た。

「美味しい！」

「おおきに」

たこ焼き屋が嬉しそうに目を細めた。

二個三個と食べ進み、あっという間に一皿が空になる。ふと、疑問が浮かんだ。

「さっきの子供たちは、なんで口に合わなかったのかしら」

細く鋭い目から、強い光が出た。

「大人の味なんで、子供にはわからないんじゃろ」

言われてみると甘味が薄かった。たこ焼きに付きもののソースがかかっていないのだ。その代わり、パリッとした皮に醤油味の味付けがしてある。

不思議な香ばしさの由来にも思い当たった。

「ハーブソルトも使ってますね」

大男が目を丸くした。

「ねえちゃん、よくこの隠し味に気がついたな」

心なしか、居住まいを正している。

「化学調味料も入れとらんし、粉も国産小麦じゃ」

「油は？」

男が一斗缶を持ち上げた。太白胡麻油である。

原価が半端ではない。

「このたこ焼き、儲かってるんですか？」

「ぜんぜん。でも、うまいじゃろ」

葉子は深くうなずいた。

「よかったらまた食べに来てや」

大男は、言ってから、すぐに思い出したらしく訂正した。

「と、言っても、ここは今日までやった」

葉子が屋台を離れると同時に、子供らが戻って来た。馬鹿にされているように見えて、実は人気があるらしい。

「タコのたこ焼き。うっまくねぇ〜」

「こらぁっ」

歩き去りながらも、しばらく背中にやりとりが聞こえた。

ラジオのニュースも、途切れ途切れに聞こえる。烏丸酒造の田んぼの身代金は、報道されていないらしい。脱法ライス中毒で、倒れた大学生が死んだという事件を報じている。

葉子はふっと視線を感じて、振り向いた。離れた木の陰から、女性がこちらを見ていた。花柄のワンピースを着た、三十代半ばくらいの美人。手入れの行き届いた長い髪をなびかせ、にこにこと笑っている。

葉子と目が合うと、軽く会釈をした。葉子も会釈を返す。たこ焼き屋と話をしているときから、見られていたらしい。面識がある気がしたが、その場では思い出せなかった。

少し歩いてから、東京の有名な酒販店の社長だったと思い出した。だが、なぜ彼女があんな場所にいたのかはわからずじまいだった。

三

酒蔵の入り口高くに、茶色く大きな玉が吊り下げられていた。直径五十センチほどの巨大な茶色いイガ栗のようだ。枯れた針葉だけで、作られている。表面は三百六十度すべてチクチクしていた。

何かの呪いにでも使うのだろうか？　直美は考えていた。

「杉玉、またの名を酒林と言います」

背後から、穏やかな声をかけられた。振り向くと秀造も一緒に玉を眺めている。

「秋から冬にかけて新酒が醸し上がると、杉の葉でこしらえて軒下に下げるのです」

「なるほど。一年かかって、ここまで茶色くなったのか」

秀造が厳かな声で続けた。

「奈良の三輪山、大神神社は日本で最も古い神社の一つです。酒造りの神を祀ってますが、山全体が御神体なのです。そこで、その三輪山の杉で作った玉をこうして飾っています」

「この玉は御神体の一部なのか」

「そうです。神様自身が酒蔵にいらっしゃるということなのです」

そう言われてみると、玉に下がった札に『三輪明神・志るしの杉玉』とあった。

「できたての杉玉は青々しく、できたての酒の風味も若く少し渋いのです。杉玉が徐々に茶色くなるにつれて、保存している酒の味わいも円やかになります。秋になってこの色になるころ、熟成した秋上がりの酒になるのです」

直美は抑揚をつけた話し方に引き込まれ、つい聞き入ってしまった。

「酒造りは古くから神仏と太い絆がありました。古(いにしえ)の時代、酒は神と人をつなぐ神聖な物で、巫女(みこ)が造っていたのです。酒造りのトップを杜氏と呼びますが、元になった刀自(とじ)は、女性の尊称です。酒造りは女性がしていた名残ですね」

「さすが蔵元、酒の歴史に精通している」

「全部、父の受け売りです」

秀造はにっこりと微笑んだ。

「天狼星はわたしが立ち上げたブランドですが、成功したのは父のおかげです。蔵を継いですぐのころは、もろみになめられてずいぶん苦労しました。言うことを聞かないんです。タンクのもろみが暴れるたびに父が一喝してくれました」

「もろみを一喝？」

「そうです。柳の鞭を鳴らして、奴らを静かにさせてくれたもんです。嘘じゃありません。もろみの発酵が、激しくなり過ぎたときに、父が柳の鞭でもろみタンクを叩くと、おとなしくなったんです」

秀造は愉快そうに笑った。

「神秘的な話だな。蔵元というのは、どこもそんな風なのか？」

「さて、よその蔵のことはよくわかりません。まあ、うちの蔵はこんな感じです」

「四百年の歴史があると聞いたが、もっと古い蔵もあるのだろう？」

「そういったことはあまり意味がありません。この蔵にしか残ってない言い伝えや、しきたり、技術の伝承が大事なのです」

「ここだけの伝承？」

「たとえばこの蔵では、毎年正月は蔵人をすっかり休ませます。そして誰もいない酒蔵で、蔵元は跡取りと共に八塩折（やしおり）の酒を醸す」

「八塩折の酒？」

「八岐大蛇（やまたのおろち）を退治するために飲ませ、酔わせた酒ですよ」

秀造の笑顔は能面のようだ。どこか現（うつつ）を離れて見える。

「神話の話だとばかり思っていた」

「現実にわが家には、今なお伝わっているのです。塩折酒は、仕込み水の代わりに、酒を使って仕込んだ酒。塩折酒で酒を仕込み、できた塩折酒でまた仕込む。それを何度も繰り返した酒が、八塩折の酒と呼ばれます。それから、一子相伝の技もあります。秘伝玉麹の技術は口伝（くでん）でのみ、伝えられてきました」

秀造は、ふふふっと笑った。

直美は半分呆気にとられつつも、不思議と納得していた。

辺りが徐々に薄暗くなってくる。烏丸秀造の姿がシルエットになり、黒い影法師に見えてきた。

気温も下がってきたのだろう。首筋にスッと冷気を感じた。

四

烏丸酒造に戻り、葉子は恐る恐る臨時捜査本部をのぞいてみた。動き回る捜査員の中、勝木主任がデスクに向かっている。

葛城警部の方が話しやすいが、この際仕方がない、葉子は腹をくくった。思い切って中に入ると、勝木主任が顔を上げた。葉子を見て訝しげな顔をしている。

「んっ、何か？」

「先ほど近くの神社で、軽トラックを見かけました。桜井会長の車にぶつかった車ではないかと思いまして」

さっと、勝木主任の表情が強張った。葉子が言ったナンバーを素早く書き留め、確認してくれた。

「間違いない、その車や。ついさっき、照会結果が出たところやったんです。所有者は松原拓郎、毒を撒かれた田んぼの隣の農家でした」

その言葉には、逆に葉子の方が驚いた。

「わたしが、女性を見た田んぼですか？」

「山田さんが目撃したんは拓郎の妹で、文子と言います。田んぼの持ち主でした」

「自分ちの田んぼですか。それじゃあ、犯行とは無関係だったんですね」

「アリバイもありますし、彼女は関係ないでしょうな。今朝まで泊まりがけの研修に行ってたんです。帰って来たので、田んぼを見に行ったと言ってます」

葉子は、田んぼの稲をかき分け走ったことを思い出し、後ろめたくなった。何本か、稲穂を引っかけてしまっている。

「勝手に田んぼに入って、悪いことしちゃいました」

「農家やったら、その程度のことは、あまり気にしませんやろ。それより、今しがた見たという話について詳しい状況をお聞かせ願えますか」

葉子は、鳥居の前に停まっていた軽トラに太った若い男が乗り込み、自分をはねそうになったことや、若い男が寄った可能性がある神社の境内の屋台の様子を、伝えた。

「背格好と服装からして、松原拓郎に間違いなさそうですな。奴は今朝方に、この蔵に来てたんですわ。桜井会長の車にぶつけたのは、ここに来る途中やったんでしょう」

「やっぱり、あのときの軽トラだったんですね」

「ありがとうございました。ご協力に感謝いたします。この情報はすぐに担当者に伝えますので」

勝木主任の丁寧な対応に、安心した葉子が部屋から出ようとしたところ、後ろから呼び止められた。

振り返ると、勝木主任が、深々と頭を下げた。

「先ほど田んぼでは、えろうすんませんでした。苛々してたもんで、いらんこと言うてしもうて。勘弁してもらえませんか」

驚いた葉子は狼狽してしまった。

「こちらこそ、生意気なことを言ってしまってすみません」

「謝らんでください。失礼なことを言ったのはこっちですから」

勝木主任の丁重な様子に、葉子はつい口を滑らせた。

「苛々してたのは葛城警部さんのせいですか？」

勝木主任は、眉を吊り上げかけたが、すぐに思い直したらしく苦笑いした。

「あの人が三年使うためだけに、署では大きくて重いデスクを買うたんです。上級職の国家公務員は、現場になんぞしゃしゃり出て来る立場とは違う。それがああして現場へ出て来るから、皆が気を遣わなならん。困った人ですわ」

口をへの字に曲げた勝木主任を見て、葉子は少しだけ同情した。根は悪い人ではなさそうだ。

「間違いなく頭は切れる人なんでしょうが、いかんせん道理を知らない。大学の研究室にいたのに、何を血迷うたのか、国家試験に受かって警視庁に入庁するなんて、一般人からしたら理解できまへん。研究者時代の癖が抜けんのか、話し方もぞんざいやし」

「そうですね。口調はもう少し、女性らしくされた方がいいかも」

「ホンマに。そないなもんで、署では扱いに困っとるんですわ。おっと、ちょっと調子に乗り過ぎましたな」

勝木主任が肩の力を抜き、再び苦笑した。

「現場に来て勝手なことされたもんで、つい苛々してまいました。山田さんには不愉快な思いをさせてすんません」

改めて頭を下げた。

「それにしても、山田さんは田んぼがお好きなんですなあ」

「わたし、妖怪で有名な鳥取県境港市の出身なんです」

「大漁港町の出身とは、これはまた意外な」

「境港は砂州の上にできた町なので、子供のころは田んぼを見たことがありませんでした。記者の仕事をするようになって、あるとき取材で東北に行ったんです。生まれて初めて、地平線まで見渡す限りの田んぼを見たとき、心が震えるほど感動しました。これが日本人の原点だって、細胞に刻み込まれた記憶に違いないって、思ったんです。それ以来ですね、田んぼと米を追っかけるようになったのは」

勝木主任が目を見開いた。少し驚いている。

「同じ田んぼでも、えらい違いますなあ。うちも兼業農家ですが、この辺りはご覧の通りの鄙(ひな)びた山間(やまあい)やから、地平線なんか見たことない」

「警官と農家の兼業って珍しいですね。初めて聞きました」

「よそはわかりませんが、この辺は多いんですわ。米どころやもんで」

「山里にある棚田も素敵ですよね。大好きです」

勝木主任が、嬉しそうに微笑むのを見て、葉子は話に来て良かったと心から思った。

五

勝木主任は意外と良い人だった。葉子が気を良くして酒蔵前の広場へと出ると、見知った人影に出会った。先ほど神社で見かけた女性が、金髪の中年男を連れている。

キョロキョロとまわりを見回しているのは、烏丸酒造に慣れていないからだろう。

境内では思い出せずにいたが、今度は記憶の中から彼女の名前を引っ張り出した。

「千春さん、さっきはどうも」

「あっ、ヨーコさん。またお会いできて良かったぁ」

甲州屋の甲斐千春が嬉しそうに笑った。東京の有名な日本酒酒販店の店主で、葉子も日本酒を買いに行ったことがある。金髪の太った男も関東の酒販店店主のはずだ。

「そっか！　烏丸酒造に来るのが目的だったんですね」

「今度、お酒を扱わせてもらえることになったんです。それで、ご挨拶に来ました。こちらは、神奈川の酒屋さん」

金髪の男が軽く頭を下げた。派手なストライプのシャツに、ダブダブのズボンを穿いている。笑うと前歯が一本欠けていた。

「なるほどですね。でも、大事な用の前になんで小さな神社なんかに？」

千春はいたずらっぽく、ペロッと舌を出して笑った。

「ふふふっ。久しぶりにこっちに来たら、つい懐かしくなっちゃって」

「久しぶり？」

「この村は生まれ故郷なんです。あの神社の境内で、よく遊んだものだったわ」

「ええっ、全然知らなかった。千春さんはずっと東京の人なんだと思ってた」

「もう二十年以上も前に、潰れちゃったけど、花椿酒造という酒蔵があって、わたしはそこで生まれました。廃業して以来かな、この村に来るのは」

「それで、酒屋さんに？」

「紆余曲折の末ですけどね。名古屋まで流れて行って、恋をして。それから、亡くなった夫と出会い、結婚して東京へ……そうして、今は甲州屋の千春です」

「また買いに行きます。美味しいお酒を教えてください」

「今度、扱いの始まる烏丸酒造さんのお酒は、ぜひ飲んでみてくださいな」

秀造が話してくれた天狼星と別ブランドになる、お燗用の酒のことだろう。

二人の酒屋は新ブランドの取り引きのために、遠くから挨拶に来たのだ。

「秀造さんなら、事務所だと思います」

葉子が二人を案内して行くと、秀造は直美と話し込んでいた。事件の話だと予想していたが、断片を漏れ聞いたところ、意外なことに日本酒の歴史話だった。

秀造は連れて行った千春に気づくと、驚きの声を上げた。

「花椿酒造の千春さんじゃありませんか。お久しぶりです」

「今は甲州屋の甲斐千春です。酒蔵ではなく、酒屋をしております。二十年以上前になりますが、実家が廃業して、父が亡くなった際にはお世話になりました」

千春が秀造に名刺を渡すと、秀造が目を見開いた。

「甲州屋の社長ですって、それじゃ旦那さんも？」

「はい。夫も数年前に亡くなりまして、今はわたしが後を継いでます」

「失礼だけど、不幸ばかり続きましたね」

「でも、そればかりじゃありませんわ。新杜氏のお燗用のお酒だけとは言え、こちらのお酒を扱わせてもらえるなんて光栄です」

「もっと早く言ってくださいよ。千春さんだったら、お燗用以外も売ってもらいたいくらいです」

「そんなこと言われると、こちらの酒屋さんに恨まれます。前にお断りになったと聞きましたよ」

千春が微笑みながら、隣の金髪の男を指し示した。

太った金髪の男が、名刺を差し出す。

「前にも、お渡ししてますが、たぶん捨てられたと思うのでもういっぺん」

へへっと、笑った。

「お燗用のお酒だけでも、扱わせていただけると聞いて、ご挨拶にうかがいました」

秀造は困惑した様子で、男から名刺を受け取った。

「このたびは速水杜氏のお酒を扱わせていただけることになり、ありがとうございます」

酒屋が二人同時に、頭を下げた。千春は感じ良くにこにこと。金髪の男は、へへへっと笑ったまま。

六

兵庫県警播磨警察署は、県央近くの落ち着いた地方都市にある。隣町へと続く地方道沿いの本署から、烏丸酒造までは小一時間ほどの距離だ。鑑識官が調書を手に、酒蔵にやって来たのは、夕方遅くなってからだった。

直美は勝木主任に呼ばれて、臨時捜査本部である烏丸酒造の応接室に足を運んだ。捜査関係者が集まって来る。やがて、鑑識官から鑑識結果報告の説明が始まった。

多田杜氏の遺体は既に荼毘(だび)に付され、とっくに納骨された後である。それでも不審死ということで、検視はされていた。

鑑識官が検視調書を手に取り、説明を始める。

「多田杜氏の死因は、窒息死でした。肺に水分は一滴も入っていません」

「つまり、溺死ではないということやな」

勝木主任の言葉に、鑑識官が同意した。

「はい。溺死ではなく、窒息死です」

溺死の場合、必ず肺の中に液体が残る。本来は空気しか入らない肺に液体が入り、内腔が閉鎖されることで、死亡に至るのが溺死なのだ。

しかし、人がもろみタンクに落ちると、タンク内に充満している炭酸ガスによって窒息し、溺れる前に即死するケースがほとんどだ。

「杜氏は、タンクに落ちて窒息死したと考えるのが自然です。ですが、どこか別の場所で死んでから、もろみに投げ込まれたという説とも矛盾はしません」

死者は呼吸をしないため、死体を液体に沈めても肺に液体が入ることはありえない。

「それから気道は、きれいでした。繊維や異物を吸い込んだ形跡もありません」

定常処理の観察手続きで、特に怪しい点は見つかっていない。

勝木主任が先を促した。

「発見されたのは早朝七時。出社してきた蔵人たちに、見つけられています。発見場所は、烏丸酒造の仕込み蔵で、室内に設置されたもろみタンクの一本に、多田杜氏が沈んでいました」

蔵人が異変を感じて、全員で仕込み蔵に入ったところ、杜氏が死んでいたという。

鑑識官が調書をめくる。

「普段は自由に出入りできる仕込み蔵に、その朝だけ入れなかった。鍵をかけることのない扉が開かなかったらしい」

仕込み蔵には機器搬入用の外へ通じる大扉と、廊下につながる観音開きの扉がある。大扉は必要のないときは施錠してあるが、観音開きの扉には錠がついていない。ところがその朝、観音開きの扉は内側に閂が通してあり、開かなかった。

「その場にいた蔵人全員で閂を切断し、仕込み蔵に入ったが、誰もいない。数人で隅から隅まで確認したが、猫の子一匹いなかったといいます。そこで念のためもろみの中も確認したところ、杜氏を発見した」

「犯人は搬入用の大扉から出入りしたんか？」

鑑識官は、ファイルをめくりながら否定した。

「大扉は内側から南京錠がかけられていました。大扉から出て、外から南京錠をかけるのは無理です」

「それやったら、杜氏が他殺と考えた場合、犯人はどうしたんや？」

鑑識官が肩をすくめて見せる。

「タンクの陰に隠れていた誰かが、外から人が入った混乱に乗じて逃げたというのは？」

直美の言葉に、鑑識官がページをめくった。

「手分けして探す際も、常に一人は入り口に残っていたらしい。事故とわかった後も、警察が到着するまで目を離さなかったとある」

直美は腕組みしてうなずいた。

「犯人の行方は後にして先へ進もう。それから？」

「多田杜氏は発見時に、死後数時間以上経過していました。死亡推定時刻は、前夜の八時から九時。もろみに落ちたのでなく、タンクの外で死んだとすると、体温が下がった後なので、夜半過ぎから朝にかけての間にタンクに放り込まれたのでしょう」

「外傷は？」

「扼殺痕(やくさっこん)および絞殺痕は、ありません」

素手もしくは紐で、首を絞められ、殺されたのではないらしい。

「後頭部には軽い打撲痕が見られます。誤ってタンクに落ちたのであれば、そのときに縁で打ったのでしょう」

誤って落ちたのでないとすれば、殴られた可能性が残る。

「それから手首に軽い擦過傷と、右の手のひらに五百円硬貨大の火傷がありました。深さは二度で、水ぶくれができています」

「大きさの割に重い火傷だな」

「何か熱いものを握ったのかもしれません。外傷に関してはそれくらいです」

「やはり他殺の線は薄いな。念のためやが、死亡推定時刻の関係者のアリバイは、どないなっとるんや？」

勝木主任の言葉に鑑識官が調書をパラパラとめくり、やがて目当てのページを見つけたらしい。

「当日は烏丸酒造総出で宴会だったらしい。詳しいことはまだわからないが、全員にアリバイがあるんじゃないかな」

「当人たちに聞いてみるのが早いな」

勝木主任が受話器を取った。

七

直美が窓の外を見ると、外はすっかり暗くなっていた。

秀造の都合を確認すると、運良く手が空いているという。たまたま蔵に来ていた富井田課長からも、事情を聞けることになった。二人とも事情聴取に極めて前向きである。

臨時捜査本部で、事情聴取を進めることになった。

「多田杜氏が発見された前の晩について、ちょっと聞かせてもらえまっか？」

勝木主任の質問に、秀造が記憶を辿る。少しの間の後、おずおずと口を開いた。

「あの晩は甑倒しを終えて、播磨農協の新理事長の歓迎会を兼ねた宴会を開きました」

酒蔵では醸造シーズンが一区切りするのを、甑倒しと呼ぶらしい。仕込みに使う米をすべて蒸し終えると、〝甑〟つまり蒸し器をしまう。その後は、重労働がなくなるため、祝いの宴会が行われるのだ。

「宴会に参加したんは？」

「蔵人全員と、播磨農協の幹部です。あとは富井田課長たち県庁職員が数人だったかと」

「向こうまでの足は酒を飲みに行くんだから、車ではないやろ？」

記憶が蘇ってきたらしく、秀造が即座に答えた。

「マイクロバスです。運転手付きで借りて、店まで往復しました。杜氏を除いた蔵人全員と、農協の方たちが一緒でした。県庁職員は現地集合でしたから、自分たちの車で行ったんじゃなかったかな。帰りは、運転代行で帰ったんでしょう」

「宴会は、前々から決まっとったんか？」

「半年前に。甑倒しは、前年の秋に立てる醸造計画で日程が決まります。だから、その後の宴会も同じです。今年は農協さんが参加するんで、会場を見直したくらいで、日にちに変更はありませんでした」

宴会会場は、蔵から車で一時間ほどの割烹だった。地元では、式包丁で有名な店らしい。

「白装束を羽織り、長包丁で魚を捌く儀式が厳かで。その年の酒造りが終わったと、しみじみ感じるんです。農協さんたちは、初めて見たって感激してました」

烏丸酒造の酒を持ち込んだ宴会は、夕方七時から始まり、十時過ぎに終了したという。

「なんで杜氏は、宴会に来いへんかったんやろう？」

「それが全然わからないんです。心当たりもありません」

「多田杜氏を最後に見たのは、誰で、いつやった？」

「一人に特定はできません。宴会に出発するときに、皆で見たのが最後でした。一緒に行きましょうと言ったんですが、後から一人で行くって。言い出したら聞かない人なんで、理由も聞かずにそうしました。それが何の連絡もなく、来ないからキャンセル料払ってもらわなきゃなんて、皆で話してたのに……。翌朝になって、あんな姿で見つかるなんて」

秀造が力なく肩を落とした。

「後から一人で行くって、なんやろな？　蔵人を追い出した後、酒蔵で女とでも会うつもりだったんやろか？」

「まりえさんじゃありません。彼女はあの日、友だちと境港の水木しげるロードに出かけてて、留守でしたから。ひょっとすると、別の女性だったかも」

妖怪好きの佐藤まりえは、鳥取観光していたらしい。別の女については、秀造に心当たりがあるわけではなかった。

「もし殺人やったとしたら、女手でできることやないしな」

どっちにしても、わからないことだらけだった。

「発見されたとき、杜氏は右手のひらに火傷をしていたらしいけど？」

直美の問いに、秀造は力なく首を横に振った。

「全く、心当たりがないです。酒造りでは、蒸し米を扱ったり熱い作業はありますが、多田杜氏はベテランでしたから火傷するなんて考えられません。そもそも杜氏は指示する立場で、手は出しませんし」

「皆が出かけた後に、火傷を負ったということか」

「夕方にボイラーの火を落としますから、それ以降で酒蔵には全くと言って良いほど、熱いものはないんです。なのでわたしには全く理由が思い当たりません」

他に特段変わったこともなかったが、人一倍、大酒飲みの富井田課長が、あの宴会に限っては、ほとんど飲まなかったらしい。

「あの日、トミータさんは腹の具合が悪くて飲めなかったんです。何回も席を立って、トイレに通ってました。元々県庁の仕事で遅れる予定だったのですが、その上であんな状態になってしまってお気の毒でした」

秀造は思い出し笑いしている。気の毒を通り越して、滑稽だったようだ。

ちょうど話が出たところで秀造を帰し、富井田課長を呼んだ。尋ねると、その宴会のことはよく覚えていた。

「ええ、あの店の式包丁は、それは見事な技なんですよ。もちろん僕も参加しました。うちの課の若い連中も一緒です。それぞれの自家用車で行って、帰りは代行を使いました。ここから車で一時間ほどにある、有名な割烹料理屋です」

秀造から聞いた話をふると、富井田課長は天を仰いだ。

「そうなんですよ。ピーピーしちゃいまして、何度も中座する始末です。おめでたい席なのに、本当に申しわけないことをしました。でも酒を一滴も飲めなかったので、圧倒的な割勘負けです。今思い出しても、悔しいったらありゃしません」

相当心残りだったと見えて、隅から隅まではっきりと覚えている。元々、記憶力がいい上に、素面（しらふ）だったからだろう。

念のため杜氏の火傷についても尋ねてみたが、富井田課長にも心当たりはないと言う。

「わたしが知る限り、そんなものはなかったですよ」

その他の証言も、秀造の話と大きく矛盾する点はなかった。

富井田課長が帰って行った後、直美は手元のメモを整理した。

電話による、割烹の従業員への聞き込みからも、状況に間違いはなさそうだった。蔵元と蔵人全員、それに加えて播磨農協関係者と県庁職員が、その時間一緒に飲んでいた。特に、長時間中座した者もいなかったらしい。

店まで、蔵から車で一時間ほどかかる。行って帰って、二時間。当日に長時間中座していた者はいないとすれば、全員容疑者から外れる。

「百歩譲って殺人事件だったとしても、蔵の関係者は全員アリバイがあります。犯行は無理ですな」

直美は黙ってうなずいた。

殺人事件の捜査は開始できないと言いながら、手は抜かずに確認すべきことは調べている。勝木主任には、文句のつけようがなかった。

杜氏は酒蔵で外部の者と、待ち合わせていた可能性が高い。その相手に、襲われたのか。または、約束の相手が帰った後に強盗にでも入られたのか。

ただ、秀造に確認したところでは、なくなった物はないらしい。

「あとは怨恨か」

亡くなった杜氏は、ひどく他人に恨まれている様子はなかった。ただ、どこに行っても、歯に衣着せぬ物言いで煙たがられてはいたらしい。女性関係に関しても、少々派手だった。それに、杜氏は他の蔵人よりも一桁給料が高いので、それが元でトラブルになることもある。

他の蔵人たちや、賄い担当の女性からも話を聞いたが、特に目新しい情報はなかった。

「やはり、事故と考えざるを得ません。仕込み蔵の扉に、内側から閂をかける手段がない以上は、何も進められませんな」

悔しいが、勝木主任の言うことはもっともで、直美はうなずくしかなかった。

八

一口含むと、シャープで心地いい酸味と、和三盆のような上質な甘味を感じる。後味を引き締める微かな収斂感（しゅうれんかん）に加え、ごく微妙な炭酸ガスの刺激が、舌を官能的に撫でた。初めて、グラスで飲んだ純米大吟醸。

日本酒が、こんなにうまいものだとは。直美にとって全く想定外だった。

「甘露だな」

直美は思わず唸った。

今までに飲んだ日本酒とは、明らかに違う飲み物だった。

「これが、純米大吟醸酒か」

葉子が心から嬉しそうに、笑っている。

「すごいですよねえ。お米からこんなに華奢で、優雅な飲み物ができるなんて」

直美は葉子と民子に連れられて、日本料理店に来ていた。古民家を改装した店で、近隣で天狼星が飲める数少ない一軒だ。

直美たちは、長いカウンターに並んでいた。中央に燗床が据えられ、端には、ススキを活けた大きな丸壺が飾られている。

今回の脅迫事件で鍵になるのは日本酒だが、元々直美は日本酒が嫌いだった。

それを知ると、葉子が一緒に飲もうと誘ってくれた。日本酒セミナーの講師もしているので、レクチャーしてくれると言う。

最初に頼んだ酒が、烏丸酒造の天狼星純米大吟醸酒だった。

「これが、世界一高い酒なのかな？」

「いえ、世界一の次の次の次くらいの純米大吟醸です」

葉子は少し誇らしげだ。

「ここまで美味しいなんて、信じられない。本当にこんなに美味しい酒が、あんな田んぼの米からできるの？」

「あんな田んぼ呼ばわりはないでしょう。ちょっと、引っかかりますね」

葉子が口を尖らせた。

「この純米大吟醸酒を四合瓶一本造るのに、どのくらいのお米が必要だと思いますか？」

「今朝、田んぼで一キロって、言ってなかったかな」

「すごい。さすがです。よく覚えてますね。それじゃあ、一キロの玄米を作るのに、田んぼはどのくらいの広さが必要でしょう？」

直美は黙って首を傾げた。全く見当がつかないし、推測しようにも前提条件を知らなかった。

「だいたい四畳半くらいです。田んぼ一反、三十メートル四方で、六俵、三百六十キロくらいしか酒米は採れません。ちなみに純米酒だったら、使う米の量が少ないので一坪、畳二畳から一升瓶が一本造れます」

「なるほど、一坪、つまり畳二畳から、一升瓶一本というのは覚えやすい」

「計算してみると、二十歳以上の成人が一人一日一合純米酒を飲むと、それだけで百万ヘクタールの田んぼが、必要になるんです。ちょうど、減反されてた田んぼと同じ分になります。つまり、日本国民が純米酒を一日一合飲めば、減反が不要になるんです」

「ほぉ、そんな程度で減反不要になるなら、すぐだな」

「ついでに言うと、日本の昔の単位は全部お米から換算したんです」

「どういう意味？」

「ひと一人が、一年間に食べる米の量を一石と呼びました。つまり、加賀百万石っていうのは、百万人が食べられる領地って意味なんです。その一石の米が採れる田んぼの面積が一反です」

「なんと、驚いたな。食べ物が、物差しの基準だったなんて。それほど食いしん坊だったんだな、江戸時代の人間は」

「今のお客さまも、食いしん坊ということでは変わりませんわ」

すっきりした着物姿の女将が、微笑みながら言った。テキパキと先の料理の器を下げ、次の器の準備を始める。

店主は縮（ちぢみ）の和服がよく似合う。その道では器の目利きとして、知られているらしい。料理と酒に合わせ、そのたび食器棚から器を出して提供してくれる。

「お造りは鳴門の鯛です。一般に鯛の旬は産卵前の春先ですが、鳴門では紅葉鯛といって秋にも旬があります。静岡藤枝の純米大吟醸酒『松下米』を、冷やで合わせてください」

淡い辛子色の長皿に、微かに桃色を帯びた乳白色半透明の刺身が並んでいる。

すっと目の前に杯が置かれ、酒が注がれた。

シャープな薄手の酒器だ。表面にガラス質の膜が被り、透き通るような空色をしている。

「これは……」

葉子が目を輝かせた。杯を持ち上げ、底をのぞき込みながら作家名を口にする。

「さすが、ヨーコさんだ。その方の最近の作品です。現代青白磁の代表と言えますね」

店主に褒められ、葉子は嬉しそうにガッツポーズを取った。

「この酒蔵は蔵元杜氏が地元農家と一緒に、山田錦を有機栽培で育てています。そのお米で仕込んだお酒なんですよ」

「さっきの純米大吟醸より、香りが穏やかな感じかな」

「柑橘のような香りを、感じませんか？」

そう言われて、直美は酒をもう一度口に含み、香りを探してみた。確かに、そんな風味がある。

「柑橘っぽいな。しかし柚子でもなければ、オレンジやグレープフルーツでもないし、レモンバームとかのハーブとも違う」

不思議な柑橘系の香りが、紅葉鯛の刺身の新鮮な風味と実によく合う。味と香りがいっそう膨らみ、サラリと味がキレながら後に余韻がたなびいた。

「米だけから、これほど多様な酒が造れるとは」

直美がため息をつくと、葉子が嬉しそうにうなずいた。

「まずい酒もありますが、米の酒も造り方によっては、こんなに美味しくなるんです。でも残念なことに、米で造った酒に蒸留したアルコールを添加してるものもあります」

「蒸留酒を添加するって？」

「サトウキビから砂糖を作った後に残る廃糖蜜です。それを原料にして、蒸留して造ったアルコールを、日本酒に混ぜるんです」

「米だけで造れるのに、なぜそんな手間のかかることを？」

「安くできるからですね。太平洋戦争中は満州の零下の気温に耐えられるとか、戦後は米不足とか、歴史的な背景はあるんですが、今もこの製造方法が続いてるのは主に価格が理由です」

顔をしかめた民子が大きく肩をすくめて見せた。

「金、金、金。世知辛い世の中だよ、まったく。アルコール添加した酒が、日本酒全体の約八割だからね」

　葉子も悲しげな顔をしている。

　酔いが回るにつれて葉子の米の話は、どんどんヒートアップしていった。

「本当に稲はすごい作物なんですよ。まず、連作障害を起こさない。つまり、毎年同じ田んぼで同じ米を育てられる。これって他の作物じゃありえません」

　連作障害とは、同じ土地で同じ作物を連続して栽培すると、生育不良となることを指す。野菜や穀類、ほとんどの食用品種は連作障害を起こすのだ。

　民子は何回も聞いた話なのだろう。話に耳を傾けつつも、うまいうまいとせっせと食べて飲んでいる。

　葉子一人が箸を止めて、熱弁を揮い続けていた。

「それから、単位面積当たりの収穫量が多い。日本って、島国なのに山国で、総面積の四分の三は山でしょう。耕地面積ってすごく狭い。なのに、江戸時代から、世界的に見ても人口が多かった。米のおかげですよ。狭い土地で、養える人の数が多いんです。ちゃんとした田んぼは環境を保全するし、大雨のときにはダムにもなります。日本酒は環境にも、優しいんですよ」

直美は半ば呆れ、半ば感心した。

「こんなに米と田んぼが好きな人間がいるとは、思いもよらなかった」

葉子が嬉しそうに胸を張った。

「今は誰も信じてくれないんですけど、若いころはアルコールが飲めなかったんです。ビールをグラスで五ミリもお手上げで、お菓子ばっかり食べてる陰性女子でした。いつもめそめそしていたのを覚えてます」

「まさか」

「それがあるときから一変しました。きっかけは、田んぼに感動したことです。お米についてもっと知りたい思いを抑えられず、あちこち取材に行って、玄米菜食とか陰陽とかマクロビオティックなど、いろいろ教わりました。それからわたし自身も玄米食を実践してみたら、身体が変わっていくのを実感したんです。甘いものが欲しくなくなって、お酒が飲めるようになりました。体質が改善して、これはただごとじゃないぞって思いましたね。お米の力が、身体に響いたんです」

俄には、信じられない話だった。

「自然療法のようだな」

民子が箸を動かすのをやめ、話に加わった。

「不思議だろ、玄米って。ヨーコさんが玄米食べ始めてからの変遷は見てて面白かったよ。顔つきがキリッとなって、それまで友だちに割り勘負けしてた子が、見る見る勝ち越すようになってね。うちの店への支払いも右肩上がりさ」

面白がって笑っている。葉子の変化をリアルタイムで目撃していたらしい。

「ヨーコさん、花粉症が治った人もいるらしいじゃないか。玄米の体質改善で」

「そうなんです。玄米は、完全食とも言われてて、栄養バランスが完璧なんです。これを食べるだけで生存可能な優れた食品で、明治時代に玄米食をして大きな研究成果を上げた学者さんもいます。献立を考える時間を、研究に使えたって、玄米に感謝してたそうです」

「それは、試してみる価値がありそうだ。玄米なら何でも良いのかな?」

「品種は何でも良いです。でも摂るなら無農薬の有機栽培米が良いですね。慣行栽培米は、おすすめしません」

「試してみるかな。その学者の考えはよくわかる」

そこに、蛸と里芋が登場した。鈍い灰色に、白い絵柄が入った三島焼という器に盛られている。

「明石の蛸と、丹波の里芋を出汁（だし）で炊きました。お酒は、三重名張の純米大吟醸『松喰鶴』を、ぬる燗していいます」

店主が勧めてきた酒器は、青灰色の円筒形で茶色の鳥が描いてあった。

「絵唐津のぐい呑みで、女性作家さんが登り窯で焼いた作品です」

少し歪んだ形で、側面の浅い凹凸に指がしっくりとはまり、握ると心地よい。

この酒も、葉子のお気に入りの一つだった。

「酒蔵の地元、伊賀で栽培した山田錦で造ったお酒です。昔ながらの乳酸発酵させた造り方の生酛のお酒になります」

透き通るような味わいで、燗なのに淡く爽やかな香りがする。キリリとしたキレ味が鋭い。口当たり抜群で、蛸と里芋の香りと、絶妙な好相性だ。酒と料理が互いに引き立て合っている。

「こういう美味しい日本酒の評価は、どのようにして決まるのかな？」

「一つはコンテストですね。中でも権威が高いのが、国も関わっている全国新酒鑑評会です。できたての新酒だけを点数付けして、入賞と金賞が決まります」

「ＩＷＣ（インターナショナルワインチャレンジ）のＳＡＫＥ部門っていうのもあるね」

葉子の説明に続けて、民子が口を挟んだ。

「元々はロンドンでやっていたワインのコンテストでね。二〇〇七年にＳＡＫＥ部門ができたんだよ」

「世界一高い酒というのは、そういうコンテストで決まるのかな？」

葉子が首を横に振った。

「違います。オークションです」

「競売か!?　なるほど、入札で決まるんだな」

「パリ・オークションとニューヨークコレクションが、有名ですね」

日本酒の世界は、思った以上に深く広いようだ。

料理に合わせて、酒と器を選ぶスタイルはこの店の店主が考案したらしい。器や温度によって日本酒の味が変わること、料理との相性があること。直美は、全く知らなかった。

改めて天狼星純米大吟醸の一升瓶を、手に取って見た。

「この瓶の肩に秘伝と貼ってあるけど、これは造り方かな？」

瓶にはラベルの他に『秘伝 玉麹』と貼ってあった。

「そうです。麹作りは酒造りで最も大事だと言われる作業ですが、玉麹は一般とは異なり、とっても特殊な技術が必要になります。全国に千以上ある酒蔵の中でも、烏丸酒造だけができる技です。そして、烏丸酒造では純米大吟醸にだけ、秘伝で作った麹を使ってます」

さっき、秀造も話していた。代々一子相伝の口伝のみで伝えられてきた技だ。

杯を重ねるうち、夜も更けてきた。

他の客が去り直美たち三人だけが残ったとき、葉子が改まった顔で聞いてきた。

「ここまでいろいろなお酒を試してきましたが、直美さんはどれがお好きでしたか？」

どことなく上気して見える。

「どれも甲乙つけがたい美味しさだった。お礼を言わなくては」

それを聞いて、葉子は居住まいを正した。

「今夜の締めに、このお酒を飲んでみませんか？」

ラベルのないボトルの酒が取り出された。秀造が持たせてくれた、お詫びのしるしだ。

「天狼星の『風の壱郷田』純米大吟醸酒。百万円の酒じゃないか。それを味わわせてくれると？」

「はい。一緒に飲みながら勉強してきて、直美さんはしっかりした舌をお持ちなのが、わかりました。このお酒を飲む資格があります」

「本当に？　なんと光栄な」

とは言ったものの、直美の心の中で、小さなトゲが引っかかった。

葉子が店の主人たちの分も合わせて、五個のグラスを用意させている。

「緊張の一瞬だね。心して飲まないと。いったいどんな味が、するんだろうねえ」

民子もワクワクしている。物に動じない老女将ですら、さすがに平静ではいられないらしい。

「では参ります」

葉子が栓に手をかけた。開栓するため、力を入れようとしている。

その瞬間、直美の心が決まった。

「ちょっと待ってもらえる？」

手を止めた葉子が、怪訝な顔で見つめてきた。

「その酒、またにしてもらえないだろうか？」

「えっ？」

葉子が驚いて目を丸くした。民子たち全員が直美を見つめてくる。

皆を見回した後で、直美はゆっくりと言葉を選んで話し始めた。

「この酒は自分には、まだ早い気がする。今日、本当の酒の味を知ったばかりだし、もう少し学んでからにしてもらえないだろうか？」

緊張していた葉子の肩の力が抜けた。困惑している。

「それにこんなに飲んだ後では、偉大な酒に対して失礼な気がする」

直美の言葉に、葉子がにっこり微笑みうなずいた。

「わかりました。事件が解決したら、このお酒で乾杯しましょう。確かにおっしゃる通りです」

民子がしゃきっと背筋を伸ばした。小柄な姿が不思議に大きく見える。

「お預けかい。仕方ない。それなら一刻も早く飲めるよう、事件を解決しないといけないね」

皆の視線が、純米大吟醸『風の壱郷田』のボトルに集まった。

束の間、夜のしじまが漂ってきた。

「静かな町だな、ここは」

「田舎ですから」

直美の漏らした一言に、女将が微笑んだ。

「でもときには事故も起こるんですよ。先ほども、軽トラックが近所の赤信号に突っ込んで、信号機を押し倒したそうです。幸い、怪我人はなかったのですが」

民子が、眉をひそめた。

「どんな奴なんだい、運転してたのは」

「それが、姿を晦(くら)まして、行方はわかってません」

「困ったもんだねえ。信号が壊れちまったら、車が混乱して危ないだろ」

しかし、民子の心配は杞憂だった。

「それが、普段と変わらないんです。この辺は人や車より、狸や鹿の方が多いところですから」

女将の言葉に、思わず笑ってしまった。葉子と民子も楽しそうに笑っている。日本酒の力は偉大だ、どんどん座が和んでいく。

直美は、杯を空けるたびに、どこか不思議な心地よさを、感じ始めていた。

九

「まんばち眩んで、砥石枕で寝る」という諺が、出雲弁にはある。葉子の父親の口癖だった。目が回って、冷たい砥石を枕にしても気づかないほど、酔っている様子を指す。

今、葉子のまんばちは、眩んでいた。世界がぐるぐる回る。足がからみもつれる。頭が大きく揺られ、止められない。真っ直ぐのはずの橋の欄干が、くねり、うねる。景色がぐにゃぐにゃと、曲がって見えた。

目の前で道化師が踊る。星と月は速度を上げ、夜空を渦巻いた。

直美たちと店を出た後にもう一杯と思い、一人で次の店に行った。だが、一、二杯しか飲んでないはずだ。なぜ、こんなに世界が揺れるほど、酔ってしまったのか？

ほんの数メートルほどの橋なのに、いつまで歩いても、向こう側に着かない。欄干を摑もうと手を伸ばすが、すぐそこにあるのに届かなかった。手が大きく空を切る。頭が仰け反った。ガンガンと頭痛が響き、吐き気も起こってくる。目の前が、薄暗くなってきた。視界の隅を、巨大な花が飛ぶ。見上げれば、マルマルとした巨大な顔に見下ろされていた。転げそうになる自分を支えるため、もう一度欄干に手を伸ばしたが摑めない。違う、目測が狂っていた。欄干は手前だ。

大きく空振りした拍子に、上半身が泳ぐ。足がもつれ欄干に躓き、宙に転んだ。

どこか遠くで、微かに名前を呼ぶ声がする。

何か、とても大事なものを持っているのを思い出し、必死で抱え込んだ。

顔は川へ向いていた。川面から巨大な顔がのぞき、怖い。ゆっくりと、巨顔が近づいて来る。ダンッという衝撃と共に、呼吸ができなくなった。身体に何か巻きついてくる。ほどけない。苦しいが、身体が動かせない。助けを、叫ぼうとしたとき、口から水が入って来た。

葉子の意識は遠のき、途切れそうになった。

意識が途切れる寸前。

浮揚力を感じた。身体がグッと浮かび上がる。

顔が水面から出た。大きく息を吸い込んだ。誰かが支えてくれている。

「ヨーコさん、大丈夫ですか？」

聞き覚えのある声が聞こえた。誰だったろう？

呼吸が楽になり、安心したとたん葉子は意識を失った。


「おっ、目が覚めたかい」

目が覚めると、民子が心配そうに、のぞき込んでいた。

葉子は、白く清潔なベッドの上に寝かせられていた。

「おかあさん、ここは？」

「救急病院だよ。もう大丈夫さ」

民子の表情が緩んだ。顔に笑みが戻って来る。

ふっと安心した瞬間、心の底から恐怖に襲われた。どす黒い不安に、心が飲み込まれる。

葉子は大声で泣き出し、民子に抱き着いた。

「おかあさん、おかあさん。怖いよ。怖いよ。怖かったぁ」

「ああ、よしよし。もう大丈夫だ。安心おし」

民子にヒシと縋りつく。年齢からは想像できないほど、がっちりした体格には、どっしりとした安心感があった。

しばらくの間、力強い手で背中を擦ってもらった。そのうちに潮が引いて行くように、心の波が収まってきた。

少しだけ、気持ちが楽になってきた瞬間、葉子は再びパニックに襲われそうになった。

「お酒がたいへん！　一緒に川に落ちちゃった」

葉子が慌てて身体を起こそうとするのを、民子が優しく押しとどめた。

「これなら大丈夫さ」

言いながら、ラベルのないボトルを枕元に立ててくれた。

「これを必死に抱え込んでたんだよ。しっかり栓も押さえてたし、中身は無事さ」

葉子はふぅっと吐息を吐き、ゆっくり頭を枕に沈めた。

徐々に感覚が戻るにつれ、頭がガンガンし始める。喉元に吐き気が上がってきた。

「なぜ？」

こんなに気持ち悪いのか、口から質問がついて出た。

「トミータさんが、助けてくれたんだよ」

民子が身体をズラすと、部屋の隅に座っている富井田課長が見えた。病院の物らしいパジャマ姿で、サッと立ち上がると葉子の顔をのぞきに来た。

「ヨーコさん、気づきましたか。良かったたぁ。安心しましたぁ」

「川に飛び込んで、助けてくれたんだってさ。救急車も手配してくれて、付き添ってここまで来てくれたんだよ」

「いやあ、スーツがびしょ濡れなんで、今干してるとこです。乾くまで、ここのパジャマを貸してもらいました。化繊のスーツなんで、縮んじゃわないといいんですけどね」

富井田課長の丸い身体が、つんつるてんのパジャマから、はち切れそうだ。それを示して明るく笑う。

「たまたま夜道を通りかかったら、ヨーコさんが橋の上でダンスを踊ってたでしょ。なんか危なっかしいなって思ってたら、見る間に欄干を越えて、川に落ちちゃうじゃないですか。ビックリしましたよ。こりゃあかんと思って、慌てて川に駆け下りたってわけです」

「ええーっ、すみません。すみません」

葉子は米つきバッタのように、何度も痛む頭を下げた。

富井田課長はかえって恐縮している。

「ヨーコさん。どうか、そんなに気にしないでください。こんなのお安い御用ですよ。大したことじゃありません」

葉子が重ねて礼を言おうとしたとき、ドアを叩くノックもそこそこに、直美が部屋に入って来た。

直美は葉子の顔を一目見て、安心したらしい。険しい表情が少しだけ緩んだ。

「大丈夫？」

葉子がはいとうなずく。

「安心しました」

「すみません、ご心配かけて。少し飲み過ぎちゃったみたいです」

直美の瞳がほんの一瞬泳いだ。

「それはどうかな。あの後に何があった？」

葉子は何があったか思い出そうと、眉を寄せた。しかし、朦朧として頭も痛い。

「それがよく思い出せないんです。何か化け物を見て、宙が回ってた気はするんですが……」

「なるほど、幻覚を見たか」

直美が何かを納得したように、一人うなずいた。

「今、担当医と話してきたんだけど、運び込まれたとき、脈拍が百を上回っていた。頻脈だそうだ」

「何だい、頻脈って？」

民子は物識りだ。質問することは珍しい。

「脈拍が異様に速くなること。急性カンナビノイド中毒の典型的な症状として知られている」

首を傾げ続ける民子に、直美が説明を続けた。

「脱法ハーブや、脱法ライスに含まれる麻薬成分で、引き起こされる」

一瞬の沈黙。

葉子は頭痛を忘れ、息を呑んだ。

直美が葉子の顔をのぞき込んでくる。

「酒の飲み過ぎではないと思う。尿検査の結果を見ないとわからないけど、おそらく脱法ライスによる急性中毒だろう」

「脱法ライス!?」

昨日、どこかで耳にした気がする。

「名前を聞いたことくらいはあると思うけど、今国内で流行りつつある新ドラッグだ。二十代の間で人気で、パーティや運転中に使われて、急速に事故が増えつつある」

「そんなの知りません。脱法ライスなんて、摂ったことがない」

葉子は両肩を手で抱きしめた。首が小刻みに左右に振れるのが、止まらない。

「たぶんそれと知らずに、口にしたんだろうな。あの後はどこへ行った？」

葉子は直美と別れてからのことを考えた。が、なかなか出て来ない。どこかに寄ったのは覚えているが、それがどこだったか……。

「もう一杯だけと思って、帰りに寄り道しました。そう、あの神社の境内に、まだ夜店が一軒だけ出てたんです。純米酒を置いてて珍しいなって思い、それでお酒を一杯もらって……。そうだ、五平餅を一口食べました」

「五平餅？」

直美の目が鋭く光った。

「どんな味だった？」

葉子は朦朧としている頭を絞った。

「甘辛い餡がかかっているのは普通でしたが、そういえばお餅の味がちょっと変わってたっけ……。ほんの微かに、コリアンダーに似た香りと苦味を感じました」

「パクチーの香りか。それだ！　その夜店に違いないっ！」

直美は素早く携帯電話を取り出し、どこかへ電話をかけると、短く指示をして切った。

「もうそこにはいないだろうけど、手がかりの一つも残ってるかもしれない。気分が悪いところをすまない」

ほっとして目をつぶりかけたとき、葉子の頭に境内で見かけた人影が浮かんだ。太った男が、五平餅屋と話していた気がする。見覚えのある顔だったが、どこで会ったのだろう？

「あの場にもう一人いました。若い男が五平餅を買ってたんです」

心配そうな顔をした富井田課長が、ベッドサイドに駆け寄って来た。

「ヨーコさん、無理しちゃダメです。今夜は、もう休んだ方がいい」

その声は葉子の耳には、遠くに響くように聞こえた。気持ち悪さにいやいやをするように頭を左右に振ったとき、昼間に同じ神社で男を見かけたことを思い出した。

「そう、軽トラックの運転手でした。桜井会長の車に、当て逃げした」

直美の目が、再び煌めいた。

「よく思い出してくれた。すぐに手配する。もう十分だから、ゆっくり休みなさい。あとは、明日にしよう。具合が良くなってから、調書を取らせてもらうから」

民子が、直美の顔をしげしげと見つめている。

「コリアンダーと聞いて、間髪容れずにパクチーが出てくるなんて、あんた意外とハーブに詳しいんだね」

「いや、普通だと思う」

民子がそれはどうかなと、首を傾げてみせた。そして細い目を、いっそう細めて、にやりと笑った。

「もう一つ、気づいたことがある。あんたの目的は、脱法ライスの方だったんだね。その調査でこっちに来てたんだ」

　直美は肯定も否定もしなかった。ただ、口元が微かに緩んだ。

「脱法ライスは、稲に人為的にカンナビノイドを作らせた改良種だ。遺伝子操作を使っている。今の主流は、紫色のオシベをつけるディープパープルで、籾裏も同じ色。その実は、食すと極めて中毒性が高い。反収が高いから、栽培するとすごく儲かる。しかも一見すると普通の稲で、見た目ではほとんど区別がつかないのだ。播磨市内で、かなり栽培されているのは、間違いない。だけど、この田んぼの穂波の中で、ディープパープルの稲を探すのは、砂漠で砂粒を探すのと一緒のことだ。木を隠すなら、森の中へ。育種家は、極めて頭がいい」

「育種家？」

「遺伝子操作で、脱法ライス稲を作り出した張本人だ。名前も顔も、年齢性別国籍もわからない。このエリアに、潜伏しているという噂もある。だけど、こっちに赴任してからの捜査では、全く尻尾を出さないどころか、影も踏ませない」

「今回の田んぼの脅迫にも、そいつが関わっているのかい？」

「どうかな。今のところ何も関係性は見えない。目立つ事件だからひょっとして何か関連でもあるかと、首を突っ込んでみたけど、無駄足だったかも……」

　直美はそう言いかけてから、葉子を見やった。

「いや、そうでもないかな。被害に遭ったのは気の毒だけど、今夜ちょっとした手がかりが得られたし。全くの無駄足ではなかったかな」

「僕も仕事柄、脱法ライス栽培の噂は聞いたことがあります」

富井田課長だった。

皆の視線が集まる。恥ずかしそうにパツパツのパジャマの前を、無理やり引っ張ってかき合わせた。

「他の稲と混植したりして、巧みに隠しているようです。正規の飯米や酒米も作っていたら、脱法ライス米を闇で栽培されても、絶対にわかりませんね。かなり高額で取り引きされるので、手を染めてる農家は二桁じゃ、きかないという噂です」

「育種家のもとで、栽培者をマネージメントする管理官という輩もいる。規模が大きく組織的な犯罪なのだ……」

直美と富井田課長のやりとりを聞くうち、徐々に葉子の意識は遠のいていった。そしてそのまま、眠りへと落ちた。

第三章　発酵する密室

一

早朝の釜場は、もうもうと白い蒸気が立ち込めていた。時折、天窓から射し込む光が、眩く輝いて見えた。淡い七色の虹も、かかっている。

蒸気の中を、蔵人の影が動き回っている。その中には、ひと際目立つ影法師もあった。大きな影で、ダントツで動きが素早い。

直美が朝の蒸し米を見ているのは、単なる偶然だった。

播磨署に顔を出した後で、烏丸酒造に来たところ、酒蔵の中が騒がしい。のぞいてみると、酒米を蒸し始めたところだったのだ。

酒蔵の朝は早い。その朝一番の仕事が、蒸し米である。前日に洗米した酒米を、甑で蒸し上げる。葉子から昨夜に説明を聞いてはいたが、百聞は一見にしかずだ。

蒸気を透かして、釜場の中央に甑が見える。巨大なホットケーキにも似ていた。直径二メートル以上はあるだろう。酒米の総量は一トン以上にもなる。

円柱の甑のてっぺんは、半円球のドーム状だ。平らに張った布のカバーが、蒸気の圧力でパンパンに膨らんでいる。

「どうだい、蒸し米ってのは？　なかなかきれいだろ」

背後の声に振り向くと、いつの間に現れたのか、民子が目を細くして笑っていた。

直美の返事を待たずに、言葉を続ける。

「年寄りはねえ、朝が早いって相場は決まってるんだよ。うろうろしてたら、あんたの姿が目に入ったんでね。来てみたわけさ」

聞こうと思ったことを先回りされ、直美は思わず苦笑した。

「確かに見事で、つい見とれてしまった」

「だろ、あっはっはっは！」

民子の笑いにつられ、直美の口元も少しだけ緩んだ。

段々と釜場の現場の動きが、慌ただしくなってきた。

「見ててごらん、そろそろ蒸し終わるから」

蒸し始めから約一時間。火が落とされた。パンパンの半円球に膨らんでいたカバーは一瞬で見る影もなく萎(しぼ)み、外される。円筒の縁の高さに組まれた足場に白装束の蔵人が上がった。

手にはスコップを持ち、白長靴を履いている。

足場上の蔵人が、スコップを天井近く高く振り上げると、勢い良く蒸し米に突き刺した。そして、スコップで切り出すように蒸し米を掘っていく。掘り出した蒸し米は、近くの台の上で広げられている。

作業を指揮しているのは、大柄な男だった。指示は聞き取りやすく、安心する声だ。要所要所で、必要があれば自分も作業に入っている。

「ああやって広げて、蒸した米を冷ましてるんだよ。麴米にせよ、掛米にせよ、熱いままじゃ使えないんでね」

「酒造りでは米を炊くのでなく、蒸すんだったかな？」

「そう、水分量の問題でね。米を炊くより蒸す方が、水分量が少なくて、酒造りに向くのさ。ちょうどいい具合ってのがあってね」

蒸し米の量は多く、全量掘り出すには、しばらく時間がかかりそうだ。そろそろ潮時かと、直美が甑に背を向けたとき、通路越しに、木製の観音開きの扉が目に入った。

「あっ……」

扉に見覚えがあった。

「仕込み蔵だよ、殺された杜氏の見つかった」

民子は直美の顔をうかがっている気配だ。面白がっているのだろう。

昨夕の捜査会議で見た写真通りだ。

「密室だったと、聞いたけど」

民子がにんまりと笑った。顔じゅうの皺が深くなる。

「見てみるかい？」

うなずいた。釜場を出て通路へ、民子と並んで歩き出す。

正面の突き当たりが、仕込み蔵だ。入り口の扉は観音開きで、押すと蔵の内側へ軽々と開いた。蔵の中は空調と除湿が効いていて、真冬並みに寒い。

仕込み蔵の中は広く、天井が高い。小さな体育館ほどの広さに、人の背よりも高いステンレスタンクが、何本も整列している。

内側から見ると、扉の中央には閂を通す金具があった。新品の閂が通してある。

「杜氏を引き上げるとき、この扉を開けるのに、古い閂を切ったんだそうだ。そうしないと、仕込み蔵に入れなかったらしいよ」

直美は扉を閉めて閂をスライドさせた。すると、扉は押しても引いても、びくともしない。扉の立て付けがかなり良いのだ。

直美は扉を閉めたまま、閂を左右に動かしてみた。滑らかで力を入れなくても、スルスルと動く。

扉はピタリと閉じて隙間はない。扉の外側からこの閂をかける手段は思いつかなかった。

「扉の内側で何か細工したのかな？」

ひとり言のように言った言葉に、民子が答えた。

「あたしもそう思うね。外から何かを使って、閂を動かしたんだろう」

仕込み蔵の中を、見回してみる。入り口の扉と閂に、背後には施錠された大扉。そして上を見れば、太い梁に支えられた高い天井があり、白漆喰の壁の高いところには、小窓があった。床にはステンレスタンクが並んでいて、見通しは良い。杜氏の死後、仕込み蔵の中で、不審なものは発見されていなかった。

「あそこの窓から、外に出すのはどうだろうね」

民子の問いを、直美は即答で否定した。

「調書によるとあの窓は嵌め殺しで、断熱のため二重ガラスにもなっている」

「そうかい、窓もダメだとすると、仕掛けは、この部屋の外には出てないんだね。どこに隠したのかが、問題か」

仕込み蔵の中には、ステンレスタンクと、足場のみ。見通しは、良い。物陰に隠すことは困難だ。

直美は首を捻った。

「空のタンクの中は上から丸見えだ。このタンクには、普段は何が入っているのかな？」

「もろみだね。見た目は、お粥みたいなもんだ。溶けかけた米と水、アルコールが混ざったものさ」

「お粥か。それなら中に沈めれば、見えなくなる。そこには隠せない？」

「当座は隠せても、いずれバレるよ。もろみを搾るときに」

民子によれば、もろみは発酵が進み所定のアルコール度数になると、搾り機で搾られて、酒と酒粕に分離される。

タンク底部に、中身を取り出すための穴があり、栓がしてあった。内径およそ三センチ。それより大きい物は、タンクの外へは出て行かない。もろみがなくなった後、タンクの中に残るので、一目瞭然だ。搾った後にはバレてしまう。

杜氏が死んだ後だけに、タンクの中から不審なものが出てくれば、騒ぎになったのは、間違いない。

もろみの中に、隠していないとすると、仕込み蔵の中に、何かを隠せる死角はなかったということになる。何か見落としていることが、あるはずだ。

老女将も同じことを考えていたらしい。目を見合わせると、首を傾げてみせた。

二

葉子は夢の中で、広間に並んだ甕（かめ）を縫うように歩き回っていた。端が見えないほどの大広間に、無数の甕が縦横に並んでいる。胸の高さほどの甕の中身はみな酒だ。

白装束を着た葉子は、造酒司（みきのつかさ）に勤めている。律令制度の酒造りの役所だ。甕の並んだ広間にいられるのが、葉子はとても楽しかった。

働き手は姫だけでなく殿もいる。時折、酒の甕越しに殿方から手を握られることもあった。

「酒殿は　広し真広し　甕越（みかご）しに　我が手な取りそ　然（しか）告げなくに」

古の酒造りの歌を思い出したところで、葉子は目が覚めた。昨夜の気持ち悪さは治まっていたが、まだ頭が少しふらふらする。

病室の壁は灰色で、ちょっとくたびれて見えた。消毒薬の臭いが漂っている。

窓際のテーブルの上にノンラベルのボトルが置いてあり、そこだけ輝いて見えた。

葉子が目覚めるのを待っていたかのように、看護師が現れた。検査のために、迎えに来たという。

診察室に連れて行かれ、採血と採尿をし問診を受けた。

精密検査の結果がわかるのは後日だが、当面は経過観察が必要だという。

「知らぬこととは言え、脱法ライスを摂取したとすると、慢性中毒になる恐れもあります。その場合は継続して治療が必要になりますので、幻覚症状が出たら来てください。それで罪に問われることはないと思いますから」

医師は若くてイケメンのくせに、顔に似合わず嫌なことを言う。

葉子はどんより気分が重くなった。

それでも退院の許可が出たので、個室に戻って着替えた。昨夜に民子が服を持って来てくれたのがありがたい。

古びたロビーに下りると天井は低い。壁には剝がれかけたポスターが、予防接種を呼び掛けている。しばらく待たされ、精算を済ませると玄関を出た。

冷たい秋の空気に触れ、葉子は思わず両手で頰を押さえた。だが、新鮮な外気は心地よく、深呼吸してみると少し気分が良くなった。

曇天だが、風雨はない。

病院の正面には、民子が待っていてくれた。隣に富井田課長がいる。

「ヨーコさん、良かったねえ。何事もなく済んで安心したよ」

「おかあさん、ありがとう。それから、トミータさんも、昨夜は本当にありがとうございました。命の恩人です」

「よしてください。でも、大したことにならず、本当に良かったです。ほっとしました」

富井田課長が車で烏丸酒造まで、送ってくれるという。葉子はその言葉に甘えることにした。

車が走り出すなり、民子が笑いながら、尋ねた。

「トミータちゃん、病院が苦手なんだって？　昨夜洋服が濡れているのに、逃げるように帰ったって看護師さんが言ってたよ」

富井田課長が頭を掻いた。

「苦手というんじゃないんですが、妹が長く入院しているものですから、ついそのことを思い出してしまって」

富井田課長の妹については、葉子も秀造から聞いたことがあった。

「ニューヨークの病院って、うかがいました。国内では、治療が難しいんですよね」

「ええ、生まれつき、心臓が弱いもんですから。日本では、手術できないんです」

「向こうの病院は、莫大な費用がかかるって言うじゃないか。保険もきかないし、たいへんだろ？」

「まったくおっしゃる通りです。それは、もうたいへんな金額で、公務員の安月給ではどうにもなりません。幸い、遠縁の親戚が亡くなったとき、少し遺産を残してくれたもので、なんとか支払いできてますけど」

運転しながら、富井田課長がため息をついた。

「大きな手術になるのかい？　妹さん」

「順番を待ってるところなんですが、まだ数年はかかりそうです」

「たいへんだねえ。当分は心配が続きそうだ。気の毒に」

しばらく道を行ったところで、民子は何かを発見したらしく、車の前方を指差した。

「おっ、アイスクリーム屋じゃないか。ちょうどいい、トミータさん、ちょっと停まってもらえるかい？」

ロードサイドに、チェーン店のアイスクリーム屋が見えている。

気づけばとっくに街中を抜け、田園地帯に差し掛かっていた。田んぼのど真ん中にぽつんと、カラフルな店が建っている。

「食べて行こうじゃないか。昨日から食べたかったんだ。そんなには、急いでないだろ？」

「もちろんですよ、おかあさん。お安い御用です。ちょっと寄ってきましょう。ヨーコさんもどうですか？」

「あっ、わたしはいいです。甘いもの今は苦手なんで。でもお店見るのは好き。寄ってくの賛成です！」

曇り空の切れ目から射す秋の陽差しは意外に強い。アイスクリーム日和(びより)にはほど遠いが、気温は上がり始めているようだ。

「トミータさん、いらっしゃいませ。毎度、ご利用ありがとうございます」

店に入ると、明るい声で迎えられた。富井田課長は常連扱いなので、店員と顔見知りらしい。

「いつものやつじゃなくて、今日はアイスを。この人の分を一つお願いします」

「何言ってんだい。ご馳走するからあんたも食べな」

民子がトンッと富井田課長の肩を叩いた。

「いや、本当に僕はアイスはいいです」

「遠慮しなくて良いって。どう見ても、常連客のくせにさ。この店で、アイスを買わないで、何を買うって言うんだい」

民子はさっと店員に向き直った。

「バニラとラムレーズンのダブルコーンを二つお願い」

アイスクリームを受け取ると、一つを富井田課長に差し出した。

富井田課長は仕方なさそうに受け取ったが、頭を掻いている。

「仕事で玄米を冷温貯蔵するときに、この店を利用するんですよ」

農林水産課の業務について言っている。

店の外に出ると、目の前に赤い自転車が停まった。

「こんにちは、トミータさん」

明るい女の子の声がかかる。見れば、自転車に乗った農業女子が笑っていた。

そのとき、葉子の目が眩んだ。頭がふらふらし始める。

チリンッと自転車のベルが鳴った。

「文子ちゃん、アイス食べる？」

富井田課長が、舐めかけのアイスクリームを差し出した。

その声が、遠くから響くこだまのように感じられる。自分の目のピントが定まらない。

「トミータさん、甘いものが嫌いなくせになんでアイスを？」

文子はさっと手を伸ばして受け取ると、笑って言った。その声にもエコーがかかり、耳の中に響いてくる。

葉子の目の眩みは、立っていられないくらいにひどくなった。「幻覚症状が出たら、来てください」という若い医師の言葉が頭をよぎる。

富井田課長が、女の子を紹介してくれた。

「松原文子さん、近隣の農家さんです」

「はじめまして」

うなずいて応えるのが精一杯だったが、眩暈もようやくヤマを越えてきた。

頭の中の靄が徐々に晴れてくるにつれて、葉子は昨日の朝に毒を撒かれた田んぼを思い出した。

隣の田んぼにいた女性が、目の前にいる。

「かっ、烏丸酒造の隣の田んぼの方ですね？」

富井田課長が、驚いて文子と目を見合わせた。

「ヨーコさんがなぜそれを？」

葉子は文子を田んぼで見かけたことや、警察から田んぼの所有者の兄妹と教えられたことを説明した。だが、文子を追って田んぼに入ったことは、決まりが悪いのであえて触れなかった。

富井田課長が、深々とため息をついた。

「拓郎のこともご存じなんですね。奥さんと子供を事故で亡くしてから、すっかり意気地がなくなってしまったんです。田んぼは、文子ちゃん一人で背負い込んでいます。来週の稲刈りも、この小さな肩一つにかかってまして」

民子が器用にアイスを舐めながら、首を傾げた。

「秀造さんとこの隣の田んぼだね？　大きくてきれいな籾じゃないか。酒米かな？　品種は何だい？」

口ごもる文子に、富井田課長が横から助け舟を出した。

「大きいけど酒米じゃありません。おかあさん、どうしてあの籾のことをご存じなんです？」

富井田課長はなかなか鋭い。民子は文子の田んぼを見ていないのだ。たまたま葉子が、稲穂を採って来てしまったから知っている。

葉子は勝手に田んぼに入ってしまったことを謝ろうとしたが、それには及ばなかった。

「もちろん、田んぼを見たからさ。少し晩稲の米じゃないか。トミータさんこそ、稲刈りがいつだか、なんでわかるんだい？」

見てもいない田んぼのことを、民子はしゃあしゃあと答えた。

「籾の水分量と、黄化の程度からですね。この天気だと、あの田んぼの品種は来週半ばくらいでしょうか」

富井田課長がまわりを指差しながら、声を大きくして聞いてきた。

「ところでなんでここだけ、アイスクリーム屋になってるかわかりますか？」

店舗の周囲は四方が田んぼだった。それぞれずっと先まで続いている。

打てば響くように文子が続けた。

「一昨年まではここも田んぼでした。水利も水はけも良くて、ちょっと羨ましくなるような」

言った後で富井田課長の顔を見上げている。

「減反でなくても、田んぼは減っていきます。ここは元は第一種農地だったんです。国の補助金をいっぱい注ぎ込んで、整備しました。良好な営農条件を備えた農地です。本来、アイスクリーム屋をやっていい土地じゃないんですよ」

口を尖らせた文子が付け加えた。

「第一種農地は基本的には転用が禁止されているんです」

「全然、転用しちゃダメなのかい?」

「おかあさん、公共性の高い事業だったらオッケーです」

民子が明るく笑い出した。

「アイスクリーム屋の公共性が高いわけないのにねえ。困ったもんだ。なんかズルしてるんだね」

「本来転用できないはずの農地が、バンバン転用されてます。農地を高く売りたい農家と、便利な土地に出店したい店の利害が一致すると、魔法が起こるんです」

「悪い魔法使いの出番かい」

「蛇の道は、へび。農地専門の用地転用ブローカーがいて、高額で請け負ってます。もうすぐ、この先にも大手のコンビニができます。便利になるって地元の人は皆喜んでますが、その一方で田んぼは減っていく。困ったもんですよ」

葉子は、田んぼの行く末が改めて心配になってきた。

三

酒蔵に隣接して売店があるのに、直美は初めて気づいた。前を通りかかったところ、何やら中が騒がしい。

店内に入ってみると、大の男二人が言い争っている。

一人は身なりの良い老紳士で、相手は金髪の太った中年男だ。金髪には見覚えがある。昨日も来ていた酒屋だった。

酒粕を売れの売らないのと、やいやい大声を出し合っている。

賄い作りの女性と甲州屋の女将が二人を囲み、手をこまねいていた。止めたいが、手が出せないでいるのだろう。

そこへどこからか巨漢が現れ、男二人の間に割って入った。大きな手で金髪の男を制し、老紳士に向かって口を開いた。

「心配ご無用です。天狼星の酒粕は、一欠片（ひとかけら）たりともこの金髪には卸しませんから」

巨漢は湯気の中、蒸し米を指示していた大男だった。

　改めて見ると、背が高く分厚い胸板で、プロレスラーのような体型をしている。純白の作業衣を纏い、つるつるに剃り上げた頭に手ぬぐいを巻いていた。目は細く長く、吊り上がって鋭い。

「速水杜氏、そりゃないですよ。せめて酒粕くらいは天狼星を扱わせてくれても、良いじゃないですか？」

　金髪の酒屋が不服そうにぼやく。

「新しく作る燗用の純米酒の酒粕で我慢せえや。この酒はおっさんたちの店には出さんけえ」

　その言葉を聞いて、老紳士は顔をしかめたが、大男は無視して話し続けた。

「天狼星はおっさんたちの店に、新銘柄は金髪の店に。これでええじゃろ」

　大男に言われて、金髪酒屋は渋々納得している。

　老紳士は不服そうに黙ったままだ。

　甲州屋の女将は、ほっとしたらしい。大男と目線を合わせて、うなずき合った。察するところ、彼女が大男を呼んだのだろう。

　さっさと売店を出て行く大男の後に、金髪酒屋も続いた。何か謝っている。

　大男はガハハッと豪快に笑い飛ばし、悠々と歩き去って行った。

老紳士も、ふくれっ面をしながら、無言で出て行った。

「ひょーっ、びっくりしたっすなあ。何かと思えば、酒粕で喧嘩とは」

賄い担当の女性が、つぶらな目を、まん丸くしている。

甲州屋の女将が、品良く頭を下げた。

「すみません。知り合いが、驚かしてしまいまして」

「なんも、なんも。ところで、どなたさんだすか？」

「吉祥寺で酒屋をしている、甲州屋の甲斐千春と申します」

「賄いを作ってる、佐藤まりえだす。よろしくお願いします」

千春は、直美にも、やんわりと頭を下げた。

「今のは、何の騒ぎ？」

直美の問いに、千春がため息をついた。

「先ほどの初老の方は、烏丸秀造さんの義理のお父さまで、東京の大きな酒販店の社長なのです。どうも、わたしども新参者が、烏丸酒造さまの取り扱いができるのが、許せないようでして。天狼星のブランドについてはもちろんですが、あの様子だと新銘柄の酒粕も、独占したかったようですね」

「あー、わかる。あの人なら、怒りそうだすな」

まりえは、秀造の義父を知っているらしい。

どうやら、金髪の酒屋が、天狼星の酒粕を仕入れたがるので、義父が怒り出したらしい。

「秀造さんが、蔵を継いで天狼星を造り始めたとき、一番お世話になったのが、義理のお父さまのお店だったのです」

天狼星ブランドを立ち上げるため、味はいいが無名の酒を、一生懸命売ってくれたのが、義父だったらしい。当時の幻の地酒とセット販売して、広く世間に味を知らしめたのだ。

「そのかいあって、全国の酒販店さんと、お取り引きできるようになりましたが、今になると、それが面白くないらしいのです」

どうも、天狼星の酒を囲い込んで、自分と仲のいい酒屋だけで、売りたいのだと。それで、秀造とも、摩擦が起きているらしい。

「今、こちらの蔵は、米作りに力を入れてます。加えて、丁寧に仕込んで生産量を抑え、単価を上げていく方向性を模索されてますが、どうもそれが理解してもらえないようですわ」

今、売れている酒質でいいから、生産量を増やし、もっと売らせろということか。また、取り引きを待っている仲間の酒屋を差し置いて、臨時杜氏の酒のため、よその酒屋と取り引きするのも、許せないのだ。

「長々と、らちもない話をしゃべってすみません」

「なんとも、たいへんだすなあ。おら、庶民さ生まれて、幸せだす」

「わたしもですわ」

まりえと千春が、顔を合わせて、ころころと笑った。

「賄いの準備、わたしにも手伝わせてもらえませんか？」

「あいやーっ、悪いっすな。そりゃ、助かるっす」

まりえと千春が、調理室へと歩み去って行った。それを見送り、売店を出ると、入り口に行列が並び始めていた。

なにやら、酒粕アイスというものを、これから販売するらしい。今日は、月に一度の販売日なのだそうだ。

四

烏丸酒造に戻ってすぐに、葉子は思いがけない大男と再会した。

つるつる頭に分厚い胸板と太い腕、細く長く吊り上がった目はキリリと眼光鋭い。

「たこ焼き屋さん！」

昨日、境内にいたたこ焼き屋だ。酒蔵前の広場に立って秀造、桜井会長と三人で、立ち話している。

葉子は驚いて駆け寄った。

「あれーっ、こんなとこで何してるんですか？」

大男の方も葉子を見て目を丸くしたが、すぐに嬉しそうに笑った。

「わっはっは。なんと、昨日のお嬢さんじゃ。お買い上げありがとうございました」

呆気にとられた秀造が、二人の顔を交互に見比べる。

「たこ焼き屋？　ヨーコさん何言ってるの。この人は新しい杜氏だよ」

「杜氏？　嘘っ、この人が新しい杜氏なんですか？　えーっ、信じらんない。昨日は、境内でたこ焼き焼いてましたよ」

大男が、再び笑い出した。

「あれは趣味なんじゃ。昨日が今シーズン最後の休みだったんで、頼んで焼かせてもらってた」

横で秀造がこくこくとうなずいている。

「すごーい、伝説の杜氏って、たこ焼き屋さんのことだったんだ。こりゃ驚いた」

「何なに？　あんたはたこ焼きも焼くのかい？」

民子も興味津々で隠そうともしない。

「さっきは蒸し米を指示してたろ。その身体は目立つねえ、すぐわかったよ。長生きはするもんだ。流離いの名人杜氏を、この目で拝めるなんて」

あれやこれやと、杜氏に質問を浴びせかけた。

「これから杜氏に蔵を案内してもらうんですけど、お疲れが出てなければヨーコさんも一緒にいかがです？」

桜井会長の言葉に、葉子は思わずバンザイした。

「やったー！　もちろん行きます。よろしくお願いします」


両手を石鹸で洗い、アルコールで除菌消毒をする。頭には白いネット帽を被り、靴にはカバーを被せて、紙製の白衣を着る。すべてが使い捨てだ。

「準備完了！」

葉子がかけ声をかけた。空元気(からげんき)も元気のうち。まだ多少は昨夜の影響が残っているが、まわりには心配をかけたくなかった。

速水杜氏が一歩前に出た。両手を腰にあて、鋭い眼光で葉子たち三人を一瞥する。

「酒の造り方を簡単に言うと、まず、米を洗って蒸す。次に、米麴を作る。そして、それらに水を混ぜて発酵させる。基本はそれだけじゃけ」

速水杜氏がぶっきらぼうに説明を始めた。声は大きい。

「米を蒸すのは火を通すこと。麹を作るのは甘くすること。発酵させるのはアルコールを造ることなんじゃ」

杜氏の説明に、葉子は突っ込みを入れた。

「でも、米を洗う前に、精米を忘れちゃいけませんよね」

米好きの葉子は、酒造りの前段階である精米にも興味津々だった。

「おおっ、お嬢さん。精米にも興味があるのか？　そうじゃな、酒造りは精米からじゃ。まず玄米を磨いて白くする。外側を四割磨けば純米吟醸酒、半分以上磨けば純米大吟醸酒になるんじゃけえ」

「米を磨くってどういうことだい？　宝石を磨くようなものなのかい？」

民子の質問に、速水杜氏が一瞬きょとんとした。目を丸くしたところは、意外とかわいい。だがすぐに目を細め、苦笑いを浮かべた。

「ああ申しわけない。米を磨くっていうのは、削るってことじゃ」

烏丸酒造には精米機があり、まず玄米を削って小さくする。精米機の中では砥石が回っていて、そこに米を擦りつけて外側を削るのだ。

玄米を一割削って九割を食べるのが、一般家庭の白米ご飯だ。米を酒にするには、それでは全然足りない。低価格の酒でも、外側三割を削り落す。大吟醸酒の場合は、半分以上削らないとダメだという。それには丸三日以上も、時間がかかるらしい。

「もったいないねえ！　なんで、そんなに小さくしなくちゃ、ならないんだい？」

民子の言葉に桜井会長がさっと振り向いた。感じの良い笑みを浮かべている。

「米っていうのは、ほとんどがデンプンなんです。でも、外側にいくほど、少しだけタンパク質や脂質がある。食べるご飯は、これらの成分が旨味なんですけど、酒は違うんですよ。雑味の元になるんです。そこでその雑味成分を除いて、きれいな味の吟醸酒にするために米をわざわざ小さく削るんです」

「そりゃ、ずいぶんたくさん糠が出そうだねえ。酒蔵でも糠漬けを作るのかい？」

速水杜氏が腕を組んで、首を傾げた。

「そう、米の一番外側を削った赤糠は糠漬けに使うな。その内側の中糠、それから白糠、最も内側が特白糠で、この辺りの糠はお菓子や煎餅の原料になる。よその蔵では、家畜の餌になってるとこもあるわ」

「半分以上が、動物の餌なのかい！　もったいない話だねえ」

速水杜氏が近くにあった一升瓶を、恭しく持ち上げた。

「それだけ贅沢な造りをするから、この純米大吟醸はここまで爽やかで、優雅な香りと味になるんじゃけんのぉ」

酒米が精米され、洗米され、蒸し米されて、ようやく酒造りのスタートラインに立つ。ワインで言うところの、ブドウの収穫にあたるのだ。

五

毒を撒かれた田んぼの土壌分析結果が、臨時捜査本部に届いた。

直美と勝木主任が席に着くと、鑑識官による報告が始まった。

「犯行現場は、播磨市楓里町の圃場です。広さ約一反、三十メートル四方で、南側に農道が通っている。圃場の北東角部付近、約一・五メートル四方に薬物が散布されています。土壌分析の結果から判断すると、撒かれた毒物はアルキルビピリジニウム塩系の除草剤です。稲なら撒いて数日で、枯れ果てます」

農薬を撒くのに、一般的な噴霧器を背負って使用したらしい。

勝木主任が、腕を組んで唸った。

「そいつが青紫色なのか？」

「はい、着色してありましたから、パラコートですね」

「ああ。昔、三軒隣の爺さんが、自殺するときに使ったやつやな。子供のころ、農家には必ずと言っていいほど、置いてあった。子供心にも不吉に見えたもんやった」

パラコートは非選択型の優れた農薬で、安価なため広く使われた。毒性が高く、広く自殺に使用されたことから社会問題になり、製造中止になっている。ただ、今なお所持している農家は多い。

「散布された除草剤の種類と、稲の枯れ具合から推定しました。犯行推定時刻は、三日前の深夜から未明。一昨夜遅くから昨日未明に稲が枯れたのを確認し、脅迫状を投函したと思われます」

パラコートを散布した際、脅迫犯は用水路を歩いて来ているが、どこで用水に入ったかは特定できていない。何か所か候補地はあるが、決め手になる証拠は残っていなかった。

鑑識官の報告を聞いて、勝木主任が補足した。

「聞き込みからやけど、いずれの時間帯もあの周辺は人通りがなく、目撃者もなしや」

大阪府警への問い合わせの回答も届いていた。

第一発見者の山田葉子が、現場で目撃した女性である松原文子の裏付けが取れた。不審な点はなく、当日の朝に大阪のホテルをチェックアウトしている。

「未明の犯行には関係ないな。留守から戻ったら、そりゃ田んぼを見に行くやろう」

酒蔵についても、様々な調査の報告書が上がってきていた。烏丸酒造と秀造は、かなり恨みを買っているようだ。

酒の管理が悪いと出荷を打ち切られ、逆恨みしている酒屋。烏丸酒造のせいで、銀行融資を打ち切られたと信じる近隣の酒蔵。リストラで首を切られた元社員など。

これらに加えて最近は、新規の酒屋との契約を巡って、老舗酒屋である義父との仲も険悪になっているという。

だが、具体的な人物に結び付く証拠は、何も見つかっていなかった。

ちょうど鑑識の報告が終わったとき、捜査員の一人が臨時捜査本部に急ぎ足で入って来た。勝木主任の前に直立不動で立ち、報告を始める。

「五平餅屋が、見つかりました」

やはり、脱法ライスの売人だったらしい。

姿を晦ましていた屋台の五平餅売りは、今朝方に加古川下流で、死体となって発見された。検視の結果、死因は溺死だと判明。直前に脱法ライスを、食した痕跡があった。自分から川に入ったか、意図せず落ちたか、はたまた落とされたのか、は不明だった。

「山田葉子さんの事故を考えると、タイミングとしては真っ黒やな。間違って、素人に脱法五平餅を食べさせてしまい、口を封じられたんやろ」

勝木主任は矢継ぎ早に、部下に指示を飛ばし始めた。

五平餅屋は無害な米の餅と、脱法ライスを混ぜた餅の両方を売り分けていたらしい。符丁を唱えることで、脱法ライスの五平餅を入手できるというわけだ。そっちの価格は、もちろんバカ高い。それでも、引く手あまたで客は途切れなかったのだ。

その五平餅を買っていた男こそ、葉子が目撃した軽トラックの運転手である松原拓郎だった。彼は行方不明で、昨夜から自宅に帰っていない。

軽トラックだけが、見つかっていた。

昨夜に信号機をなぎ倒して、走行不能になった後で放置されていたのだ。日本料理店の女将が話してくれた事故は、このことだった。

運転席に残された、齧(かじ)りかけのにぎり飯から、カンナビノイドが検出されている。前後の状況から見て、松原拓郎が脱法ライス中毒者なのはほぼ間違いない。

「ちっ、あの軽トラ、俺の目の前で、桜井会長の車に当て逃げしやがって。この蔵に因縁をつけに来る途中で、薬物を使ってたんだな」

勝木主任は苦々しげに呟いた。

松原拓郎は道路の検問にかからず、駅に現れた形跡もない。この近辺に潜伏しているのは、間違いなかった。

行方を追っているが、今のところ手がかりはない。

ただ、松原拓郎の自宅の捜索に行った捜査員から、意外な報告があった。

「行き先の手がかりはありませんでしたが、物置にこんなものが隠してありました」

見せられたのは『風の壱郷田圃場』と書いてある看板だった。

子供用の玩具に混ざって出て来たという。圃場の看板を持ち去ったのは、松原拓郎だったのだ。

「妬ましかったんやろうな、自分とこの田んぼと比べて。そこんとこは、わからんでもないな」

兼業農家の勝木主任が、ひとり言のようにぼやいた。

高齢者運転の事故で、妻と息子二人を亡くしたのは聞いていた。

子供の玩具を捨てられず、薬物に走って犯罪を起こす。直美はそこに、なんとも言えないやるせなさを感じてしまった。

六

麹室はどこか洞窟に似ていた。入り口が狭く中には窓がない。天井も低い。

洗米から蒸し米までが終わると、いよいよ酒造の主要工程である米麹作りに入る。

麹室を珍しそうに眺めていた民子が、何か思い出したらしい。

「麹ってあれだろ。スーパーで売ってる、真っ白い綿に包まれた板みたいな物」

速水杜氏が嬉しそうに笑った。

「あの白い綿はカビの菌糸なんじゃ。米麹は蒸し米にカビが生えたものでな」

「カビだって？　それは汚い。身体に悪いんじゃないかい」

「カビにも、いいのと悪いのがあってな。チーズにも青カビや白カビが生えて、うまいのがあるじゃろ」

「確かに。抗生物質を作るのは、いいカビだね」

「いろんなカビがいるが、酒造りに必要なのは黄麹菌というカビなんじゃ」

たかがカビ、されどカビ、らしい。

黄麹菌を蒸し米に生やしたものが、米麹である。専用の密閉空間である麹室で黄麹菌だけを生やす作業が、麹作りなのだ。

葉子たちは、白い漆喰壁に設けられた分厚い断熱扉を開けて、麹室の中へと入った。

中に入るとムッとするほど蒸し暑い。寒さに震える酒蔵の他の部屋とは別世界だ。

壁と天井全面が杉板で作られていて天井が低いので、背の高い速水杜氏は頭がつっかえそうになっている。

速水杜氏が、壁にかけてある温度計を指し示した。見ると三十度を超えている。

「カビじゃから、暖かくて湿気があるのが好きなんじゃ」

速水杜氏が、ビーカーを差し出した。中には黄緑色の粉が入っている。ビーカーを揺すると、中で煙のように粉が舞った。

「これが黄麴菌じゃ。大きさはタバコの煙の粒子くらいでかなり細かい。モヤシとも呼ばれておる」

麴室の中に蒸し米を運び入れ、黄麴菌を振りかける。四十八時間ほど麴菌を生育させたら、米麴のでき上がりである。

黄麴菌は蒸し米の表面に付着し繁殖する。そのときに菌の分泌する酵素が米のデンプンを分解して糖に変えて、栄養にするのだ。

「出来上がった米麴がこれじゃ。見てみい」

速水杜氏が、箱に入った米麴を持って来てくれた。

一見するとお米のようだが、よく見ると表面の所々に、白い綿毛が点々と生えてキラキラと光っている。

「これが、突き破精麴（はぜ）じゃけ」

葉子にとっても、麴室で米麴を見るのは貴重な機会である。

「カビとは思えないほど、きれいですよね」

真っ白い産毛のような微細な糸が、からみあっていた。

「きれい過ぎないかい？　ずいぶん違うじゃないか。スーパーで売ってる麴と」

民子が手のひらの上で、米麴を転がしている。

「米麴にも種類があってのぉ。黄麴菌の白いカビが、蒸し米の表面全面を覆って生えるのが総破精麴。表面は一部にだけ生え、米の中に白カビが食い込んで生えるのが、突き破精麴じゃ」

速水杜氏の説明に、民子が手を打った。

「スーパーの真っ白いカビの塊は、総破精麴ってことだね」

民子の言葉にうなずきながら、速水杜氏はもう一つ箱を出して来た。

「普通酒蔵の米麴は、二種類しかない。じゃがこの蔵にはもう一つある」

その言葉に、桜井会長が反応した。目を大きく見開いている。

「玉麴だね」

「魔法、いや奇跡とも言える米麴じゃ」

速水杜氏は持っている箱を、差し出して来た。

「三十五パーセント精米の山田錦で作った玉麴よ」

真珠のように艶々と光った山田錦は、真円に近い。玉麹というだけあって、外観は玉のようにつるつるとしている。米麹のはずなのに、表面には白カビが全く生えていなかった。

ひと目見て、葉子にもこの麹のすごさがわかった。

「産毛が生えてない！」

「信じられんじゃろ」

速水杜氏が玉麹をつまむと、力を入れて割ってみせた。

争うように皆でのぞき込む。息を呑んで見る目の前、米の粒の内部にだけ、綿のような白い産毛が生えていた。

葉子は驚き、思わず声が大きくなった。

「どういうことなんです？　なんで、外にはいないのに、真ん中にだけ麹菌が？」

「秘伝玉麹でしか、ありえんことじゃ」

速水杜氏も首を捻り、唸っている。

表面全体に、白いカビが生えている総破精。表面の一部だけに、生えている突き破精。そして、表面には全く白いカビが生えていない玉麹。

麹菌を生やすには蒸し米の外側から、黄麹菌をかけるしかない。そうすると、多かれ少なかれ、米の表面に白いカビが生える。それが少ないのが、突き破精麹だ。だが、玉麹は表面伝である。

に、カビが生えていない。それにもかかわらず、米の内部にだけ生えているのだ。正しく秘

「うまいのかい？　この麹で造った酒は」

舌なめずりしそうな顔で民子が聞くと、速水杜氏が恭しくうなずいた。

「山田錦との相性は抜群に良い。清々しくきれいな甘味があり、雑味が一切ない。一口含むと、夢となく現となく、前後忘却してしまううまさよ」

米は外側に雑味の元になるタンパク質を多く含む。小さく米を削ることで、大吟醸酒の味は上品になるのだ。だがどんなに小さく削っても、中心よりは外側が多くタンパク質を含むので、そこを溶かしては雑味が出てしまう。

総破精麹は、蒸し米を外側全面から分解するため、タンパク質を多く含む部分が溶ける。そのため、雑味が多くなりやすい。それに対して突き破精麹は、蒸し米の外側を局所的に分解し、中心部が先に溶ける。含まれるタンパク質が少なくなり、雑味の少ない透明感の高い酒質に仕上げやすいのだ。

玉麹は、究極の突き破精麹とも言える。玉麹の酒の味が画期的にきれいなのは、米を中心だけ溶かすからなのだ。

「いったい誰が、この麹を作ったんですか？」

葉子の問いに、速水杜氏と桜井会長が呆れて顔を見合わせた。二人には、聞くまでもないことらしい。

「決まってるじゃろ。ここの蔵元じゃ」

「秀造さんが？」

葉子は目を丸くした。秀造がそんな技を隠し持っている風には、全く見えなかったからだ。

「一子相伝。代々、蔵元にだけ伝わってきた秘技じゃ」

その場の全員が黙り込んだ。

速水杜氏は両手のひらを上に向け、肩をすくめた。どうやら、お手上げということらしい。

この酒蔵では、腕利き杜氏にも想像できない技術が、口伝えで伝えられていたのだ。

「速水杜氏はよその酒蔵を断ってまで、この蔵に来たと聞きました。ひょっとして、この技術のためですか？」

桜井会長の問いに、大入道はすっと目を細めた。そして無言の薄笑いで答えた。

七

三通目になる要求状も、郵送で送られてきた。

通常配達の郵便は、日曜休み。そこでレターパックが使われ、烏丸酒造の郵便受けには、昼の十二時近い時間に届いた。

投函されたのは神戸市内。指紋もなし、新聞紙の切り抜きを貼り付けた要求状は前回と同様だ。

そして今回も意外な内容だった。直美はまたも完璧に意表を突かれた。

「ぜんめんこうこくのないようは、とわない」

秀造が要求を読み上げると、捜査員の間に小さなどよめきが起こった。

「こうこくについてのじょうけんは、ぜんめんこうこくであること。からすましゅぞうのさけのこうこくであること。しゃめいをおおきくいれること。いじょう」

「なんでやねん。なんで、そんだけなんや？」

勝木主任が、うめいた。

「広告の内容はこちらで決めて良いみたいです」

「そんなアホな。ちょっと貸してみい」

勝木主任が秀造から要求状を引ったくり、読んでいる。

直美も横からのぞいてみたが、新聞紙の活字の切り貼りは、それしか書いていない。この短い文面では、誤解のしようもなかった。

「わざわざ身代金を要求し、その金で自分とこの広告出させるなんて、正気の沙汰やない。身代金を要求する意味がない」

勝木主任は眉間に皺を寄せ、腕を組んで天を仰いだ。

「犯人は恨んでるはずやったやろ。謝罪広告を出させたいんやなかったんか？」

「だから、うちの蔵を恨んでる人なんていませんって」

秀造がムッとして、勝木主任に答える。

「何を考えとるんや？　この犯人は。全く理解できへん。人をおちょくるのも、ええ加減にせえ」

「勝木主任。それは、わたしも同じ思いですよ。馬鹿にするにもほどがある。なんで、こんな目に遭わなきゃいけないんだ」

理由はわからないが、言う通りにしないと、田んぼに毒を撒かれてしまう。広告を出さないわけにはいかなかった。

秀造が出入りのデザイン会社に依頼して、制作してもらうことになった。内容はとりあえず全商品の広告だ。

「広告を出せなんて、そんなことして何になるって言うんです。何の意味もない」

勝木主任が、平静さを取り戻し、愚痴り続ける秀造を慰めた。

「まあ、そない言わんと烏丸社長。何の意味もないってことはないやろ。犯人の意図はわからんけど、広告を出せば、売り上げにはつながるやろし」

「いえ。ウチの酒は引く手あまたで、売り先には困ってないんです。むしろ、広告を見て来る客を断るのが面倒なくらいです。まったく、なんでこんな目に」

「ああ、そないでっか」

勝木主任が、鼻白んでいる。

「ウチにそんなことをさせて、犯人に何の得があるのか。皆目見当がつきません」

勝木主任は、秀造のその言葉に何か閃いたらしい。

「得になる奴が、おらんこともない。兵庫新聞、あるいは広告代理店や。今回の一件で間違いなく儲かるやろうけど……。いや、いくらなんでも、そんなことはせんか」

すぐに自ら否定し、咳ばらいした。

「なんにせよ今のところは、要求を聞くしかありませんなあ。とりあえず言う通りにして、様子を見ましょう」

秀造が肩をすくめ、ため息をついた。

臨時捜査本部から出ようとする秀造を、直美は呼び止めた。聞きたいことがあったのだ。

「ちょっと教えて欲しい。前の杜氏が死んだ当時、仕込み蔵のタンクに残っていたもろみは、その後どうなった？」

「杜氏が落ちたもろみ以外はいつも通りです。搾って酒にしました」

秀造は何を今さらと、言わんばかりだ。

「何か、普段と違ったことはなかったかな？　タンクから何か出て来たとか」

「特に何も」

「些細なことでもいい。何かあったはずなんだ。思い出してもらいたい」

「あったはずと言われても……」

何かを言いかけて口をつぐむと、秀造は腕を組んで考え始めた。やがて、ハッと思い当たったらしく、微かにうなずいた。

「そういえば、杜氏が亡くなった後に搾った酒。タンク一本だけ味が微妙でした」

「味が微妙？」

「利き酒を極めてる人間じゃないと、わからないレベルですけどね。蔵人たちは、誰も気づいてません。でも、確かに一本のタンクだけ、酒の味がざらついていたんです」

「酒の味なんて、多少はバラつくものでは？」

秀造は強く首を横に振った。

「もろみの温度経過を見ていれば、味の着地点は予想ができます。うちの蔵の酒造りのレベルは高いので、何の理由もなく外すことはありません」

「では何が原因だと？」

「それが、わからないのです。ごく微かに風味が違ってて、くぐもった感じがしました。強いて言うなら、違う原料が混ざっていたかのような」

「違う原料？　いつもと違う米が混じっていたとか？」

「違います。米の味ならわかりますから。レシピと違う酒米が混ざっていたら、品種まで特定できます。あの酒の違和感は米ではありません」

秀造は首を捻り続けているが、このままではらちが明きそうにない。よく現場百回という。直美は、仕込み蔵に行ってみることにした。

八

「麹作りまでは、料理で言うとこの下ごしらえ。これからが酒造りの本番じゃ」

葉子たちは速水杜氏と酒母室に来ていた。

酒母は酛とも言い、日本酒造りの土台である。この工程から、いよいよアルコールが造られる。

デリケートな温度管理はあるが、作業自体は単純だ。

蒸し米と米麴に仕込み水を入れて、タンク内で混ぜ合わせるだけだ。そこに、酵母が入ると、アルコール発酵が始まる。

蒸し米と米麴の比率は、八対二と、蒸し米が多い。

「酒母造りは酒造りそのもの。並行複発酵という、日本酒ならではのアルコール発酵が、タンクの中で起きてるんじゃ」

黄麴菌の酵素の力で、蒸し米が溶けて糖分に変わる。そして、その糖分が酵母によって、アルコールになるのだ。黄麴菌による糖化と酵母のアルコール発酵という、二つの発酵が同時に進むので並行複発酵と呼ばれる。

黄麴菌と酵母の二つの微生物がタッグを組んで、米から日本酒を造っている。

酒母室は掃除が行き届いて、極めて清潔だ。葉子の胸ほどの高さのタンクが、数本並んでいる。

葉子は、なぜか小学校の教室を思い出していた。広さもちょうどそのくらいになる。

「酒の母っていうより、酒の子供ですね。これから育って、お酒になるんだもの」

速水杜氏は感心したらしい。大声で笑った。

「酒の子供か！　うまいことを言う。そうすると、わしは先生じゃなあ」

葉子たちも、杜氏につられて笑い出した。

「元気が良くて優れた酵母を、たくさん育てにゃならん。酒母一立方センチ当たり、一億個まで酵母を増やす」

「一億個っ?!」

葉子はあまりの数の多さに、目を回しそうになった。

酒母タンクをのぞくと、爽やかで刺激的な香りに包まれた。緩いお粥のような白い液体の表面が、ゆったりと対流しぷくぷくと小さな泡や大きな泡が立っている。

アルコールと水と溶けかけの米が混ざってドロドロしている。

酵母の数が順調に増えて発酵が進むと、アルコール度数が上がる。約二週間で完成し、酒母は仕込みタンクへと移されるのだ。

酒母室の隣が仕込み蔵で、酒母室同様に完璧な空調と除湿が徹底されている。かなり寒い。葉子はぶるっと身体を震わせた。

昔ながらの土蔵に、大きなステンレスタンクが整然と並ぶ。その様子は、壮観を通り越して荘厳だ。どこか神殿のようにも見えた。元来、酒造りは神に近づく手段だったというのが実感される。

意外なことに、仕込み蔵の中には先客がいた。

「直美さん！」

驚いた葉子が駆け寄ると、タンクを見ていた直美と秀造が振り返った。

直美は彼女らしくなく、何か思い悩んでいる様子だ。

「どうかしたんですか？　こんなところで」

一瞬の躊躇があり、直美が口を開くまで間があった。

「それはこちらの台詞だ。なぜここに？」

「杜氏から酒造りを教わってたんです。麹作りから順番でここまで来たんですよ」

「ここはもろみが発酵する部屋だと聞いたけど？」

速水杜氏が、背丈の二倍ほどもあるタンクを、手のひらでポーンと叩いた。

「この中で、たくさんの微生物がせっせと働いてるんじゃ。麹菌の酵素がデンプンを分解して糖分に変える。そして、酵母が糖を食べてアルコールを造るんじゃ」

「デンプンが糖分に変わり、その糖分がアルコールになる……」

直美が復唱した。美しい眉をひそめて何か考え込んでいる。

「もろみを造るのを三段仕込みと言う。聞いたことくらいはあるじゃろ。蒸し米と米麴と水を、三回に分けて酒母に加える。毎日一回ずつ加えて、終わると酒母の十倍以上に量が増えるんじゃ」

十倍以上に量が増えると同時に、薄まってアルコールの濃度は低くなる。だがもろみの発酵が進むにつれて、再びアルコール度数は上がる。四週間ほどして、十五度以上になると発酵完了だ。

タンクの中をのぞくと、酒母と同様にお粥に似た液体が、ぷくぷくと泡立っていた。

「ぷくぷく湧いてるのは炭酸ガスじゃ。酵母のアルコール発酵で、米のデンプンのちょうど半分は炭酸ガスになる。アルコールになるのは、残り半分だけなんじゃよ」

それを聞いた民子が目を剝いた。

「なんだって。精米して半分以上が糠になるだけじゃなく、残りの半分も泡と消えてしまうのかい！　それだったら、四分の一以下しか残らないじゃないか」

速水杜氏が厳かにうなずいた。

「実はパンも同じなんじゃわ。パンと酒は兄弟。両方とも、酵母の発酵でできる。発酵で生じる炭酸ガスを利用して膨らませるのがパンで、発酵のアルコールを飲み物にするのが酒じゃ」

それを聞いた直美が、感嘆して声を上げた。

「面白いな。パンと酒では発酵で生まれる物の取捨選択が、真逆ということか。裏表の関係なんだな」

気のせいか、直美の目が生き生きと光って見える。この女性が、理系女子だったことを思い出した。

「直美さん、そしたらなんで日本酒は、開放タンクで発酵させるかわかりますか？　密閉タンクを使えば、人が落ちる心配もないのに」

葉子の問いに、直美は即答した。

「炭酸ガスで破裂するからかな。密閉タンクを使えないのは、パンが膨らむ原理と一緒だろう」

「早っ！　その通り。さすがですねえ」

葉子は直美の理解の早さに舌を巻いた。

「昔からの発酵には、すべてにきちんとした理由と裏付けがあるのか」

「その発酵も、いよいよ終盤じゃ」

速水杜氏が隣の部屋を指差している。

「もろみは、とろとろした固体と液体の混ざったもので、そのまま飲むのがどぶろく。それを布で濾して酒と酒粕に分ければ、日本酒のでき上がりじゃ。今ちょうど隣で、その作業をしてるとこじゃけんのぉ」

速水杜氏の言葉に、再び直美の目が光った。

「その作業を、見せてもらいたい」

もちろん了解と、速水杜氏がうなずいた。

九

酒を搾るところを槽場という。酒を搾る担当者は船頭だ。

葉子は、直美と民子に、古来の呼び方を説明した。速水杜氏がにやりと笑う。

「酒を搾ることを、上槽と呼ぶ。かつて、舟のような形をした槽という搾り機で、酒を搾っていた名残なんじゃ」

蔵の中に、巨大な冷蔵庫が設けられている。気密性の高い部屋は、除湿と冷房がガンガンに効いていて、仕込み蔵よりも寒い。細菌の繁殖を、防ぐためなのだ。

古式の槽に代わって、巨大アコーディオンのようなヤブタという搾り機が、最近は主流だ。大人の背丈よりも高く、長さも十メートル以上ある大きな機械。ヤブタは、もろみに左右から圧をかける、横型搾り機である。

もろみタンクの下端の出口につながれたホースが、搾り機に接続され、もろみが送られている。そこで酒と酒粕に分けられるのだ。

「もろみの固形分を分離すると、搾り機の中に酒粕が残り、酒は装置の外へ流れ出る。酒粕は酒を搾り終わった後に、搾り機の中から取り出すんじゃ」

「つまり酒粕も、元は米なのか」

直美は妙なことに感心している。

「ちなみに、仕込んだ米の量に対する酒粕の割合を、粕歩合と言うんじゃ。少なくて三割、純米大吟醸酒だと五割以上が酒粕になることもある」

杜氏の言葉に、民子が再び驚きの声を上げた。

「なんだって!? それじゃ、アルコールになる米の量は四分の一以下どころか、もっとずっと少ないじゃないか。一割くらいかい？」

この数字は、葉子が講演などで好んで取り上げる話題だ。

「その通りなんですよ、おかあさん。純米大吟醸酒だと、お米の半分が糠になり、そのまた半分が酒粕になって、さらにそのまた半分は炭酸ガスになって消えてしまう。お米の八分の一くらいしかアルコール分にならないんです」

「九割近い米を無駄にしてるなんて、純米大吟醸酒は、贅沢な飲み物だねえ」

感嘆する民子の横で、直美がじっと搾り機を見つめていた。

「もろみタンクの中身は、すべてこの装置に入るんだな。そして、仕込んだ米の半分弱にあたる酒粕だけが、この装置の中に残る」

一人でうなずいている直美の言葉に、速水杜氏が苦笑しながら言い返した。

「まあ、残るのは米だけじゃないこともあるがな」

どこか、言い訳めいている。

直美が眉を上げ、無言で問うてきた。

「滅多にないことじゃが、酒粕に異物が混ざることはある。開放タンクでの発酵だけに、どんなに気を付けていても、ゼロにはできん」

速水杜氏の言葉に、直美が眉を寄せ目を細めた。

「異物？」

「おおかたは、もろみをかき混ぜる櫂棒（かいぼう）の削り端とかだが、温度計が混ざってたというのもよその蔵で聞いたことがある」

直美が重々しく唸った。

「なるほど。酒粕はこの装置の中に留めておき、酒を搾り終わった後に取り出す。だからもろみに入った異物は、最終的には酒粕に混ざっているということか？」

直美が秀造の顔を見ると、渋々うなずいた。表だって異物を認めたくはないらしい。

「酒粕はどうしてる？　売っているのか？」

「そのまま売ってるものもあれば、加工してアイスになるものや、奈良漬けの原料になるものもあります。酒粕アイスも、奈良漬けも大人気です。酒粕そのものも、酒屋さんやスーパーで、引っ張りだこになっています」

秀造は、胸を張る。

「さっき言っていた変な味だった酒。その酒粕はどうだった？　何か問題はなかった？」

「変な味とは失礼な」

ムッとした秀造がメガネを手で直した。だが、一呼吸おいてため息をつく。

「でもまあ、おっしゃりたいことはわかります。確か、夏ごろに酒粕の異物騒ぎがありました。ちょっと聞いてみましょう」

秀造が蔵人を呼び、返品された酒粕を持って来させた。

柔らかそうで、クリーム色をしている酒粕を広げると、確かに何か入っている。

細いコイルと小さな金属箔、それから磁石らしいものだった。

じっと見つめる直美の頬が、微かに紅潮している。

「何ですか？　これ。何かの部品みたいですけど」

興味津々で葉子は質問した。

だが予想に反して、即答ではなかった。

一呼吸置いて、静かに直美が答えた。

「ドローンの部品だ。モーターと回路の残骸に違いない」

冷静を装っているが、興奮を隠し切れていない。

それを聞いた民子が大きく手を打った。

「なるほど、ドローンを使ったのかい。それで仕込み蔵の閂をかけたんだ」

直美が民子に親指を立ててみせる。表情が緩んでいた。

「でも本体はどこなんです？　部品だけじゃ、ドローンは飛びませんよね？」

葉子が首を傾げると、直美はにっこりと微笑んだ。

「いい質問だな。本体は酒になったんだ」

「お酒になった？　ドローンが？　直美さん、何を馬鹿なこと言ってるんですか」

そんなことはあるはずがない。葉子は気持ち悪さに、顔をしかめて身体を引いた。

だが直美の態度は、余裕しゃくしゃくといった様子だ。

「生分解性プラスチックでできていたんだ。それを犯人は、もろみタンクに沈めた。あとは、タンクの中の微生物の出番になる。酵素が糖分に分解し、酵母がアルコールに変えてしまった」

秀造は何かに気づいたらしい。驚愕してわなわなと震えている。

「あの違和感はドローンの味だったのか」

「でもなんで、蔵の中にドローンがいたんですか？　いったい、何をしていたの？」

その疑問は葉子だけではないようで、秀造たちも首を捻っている。

直美と民子の二人だけが、顔を見合わせて笑っていた。

「多田杜氏が見つかった朝、仕込み蔵の扉は内側から閂がかかっていた。だけど、もろみの温度変化から判断すると、杜氏が殺されたのは明白だろ。でもどうやって、内側から閂をかけたのか、やり方がわからなかったのさ」

民子の説明を、直美が引き取って続けた。

「そこでドローンだ。犯人は仕込み蔵の外から、生分解性プラスチックのドローンを操作して閂をかけた。そしてその後、ドローンをもろみの中へ沈没させる。結果、ドローンは溶けてしまって、証拠は残らなかった。この残骸を除いては」

ドローンのカメラ映像をモニターに映せば、仕込み蔵の外からでも容易に操作はできる。

そしてそのドローンは、生分解性プラスチック製だ。今や本体はもちろんのこと、レンズや電子回路の基板まで生分解性で作れるらしい。生分解性の技術は、長足の進歩を遂げている。

もろみタンクの中の微生物たちが、よってたかって生分解性プラスチックを分解し、食べてアルコールにしてしまったのだ。これも一種の発酵なのだろう。

葉子は自分の考えがおかしくなり、思わず笑みを浮かべてしまった。だがすぐに不謹慎だと気づき、わざと渋い顔をしてみた。

十

苦虫を嚙み潰したような顔で、勝木主任が電話をかけている。

やがて受話器を置き、唸るように言葉を吐いた。

「多田康一杜氏の死亡事件について、近く殺人の疑いで捜査本部を設置することになりました」

直美とは目を合わせようともしない。

「了解した」

直美も短く、感情を出さずに答える。

酒粕から出て来た異物と酒粕自体は、既に鑑識に回して調査を進めさせた。秀造が違和感を覚えた日本酒も、同様である。

用件は済んだので、さっさと臨時捜査本部を後にしようとしたとき、背後でぼそりと声がした。

「さすがですな」

直美が振り返ると、勝木主任は素知らぬ顔で、手元の書類に没頭しているふりをしていた。滅多にないことだった。直美の仕事が、評価されることはあまりない。成果を上げても上げなくても、エスカレーターのように直美の地位は上がってきた。国家公務員として、地方に出向に出ても数年で中央に戻る。当たらず触らずやり過ごすのが、周囲の鉄則だったのだ。

勝木主任が、じわりと書類から顔を上げた。だが、相変わらず、目を合わせようとはしない。手にしていたのは、多田杜氏の検視調書だった。

「殺人だとすると、手のひらの火傷がなぜできたのか気になりますな」

調書を、手でもてあそんでいる。

「あとはどうやって窒息死させたのか？　首を絞められた跡はありません。鼻と口を、何かで塞いだのやろか？　謎は多いですな」

ややあって直美の顔を見上げると、調書を差し出してきた。受け取りながら、直美はうなずいた。

「確かに」

勝木主任は良いポイントを突いている。

臨時捜査本部を出ると、売店前の行列に葉子と民子が並んでいた。確か、酒粕アイスを売る店だったはずだ。

直美に気づいた民子が、葉子を残して歩み寄って来た。

密室の謎が解け、その後の首尾がどうか知りたいのだろう。

多田杜氏殺人事件の捜査が始まったことを民子に伝えると、にやりと笑った。

加えて、勝木主任の疑念についても話すと感心したらしく、唸っている。

「ふーん。どうして、なかなか鋭いじゃないか、あの主任さん」

わざとらしく、ちょっと小首を傾げてみせた。

「窒息したのに、首を絞められた跡はないとすると、鼻と口を塞がれたとか？」

直美は首を横に振った。

検視調書に、気道はきれいだったと書かれている。繊維を吸い込んでいないとすると、布などで鼻と口を塞がれた可能性は低い。

それを聞いた民子が、間髪容れずに切り返してきた。

「たとえば餅だったら、窒息死しても痕跡は残らない。だけど、餅は喉に残る。餅の代わりに気体ならどうだろう？」

「ガスか？　密閉空間に閉じ込めてガスを充満させたら、酸素が吸えなくて窒息死する。それなら跡も残らない」

「ガスボンベか何かで、持ち運んだのかねえ。あと、気になるのは火傷か」

そう言った瞬間、民子がハッと何かに気づいたらしく眉を上げた。

さっと、自分が並んでいた行列に視線を送った。

「そうそう、今日は酒粕アイスの発売日だったんだよ」

目をキラキラ輝かせている。

いきなり何を言い出すかと思えば、酒粕アイスとは。

「ここの蔵の酒粕アイスは、酒に劣らず人気でね。滅多に手に入らないんだ」

行列に並んでいる葉子は、かなり前に進んでいた。もうすぐ順番が来るだろう。

「貴重なチャンスだ。これも勉強さ。良い機会だから並んでみないかい」

何が良い機会なのかよくわからない。だが、直美の手を取らんばかりの勢いに、有無を言わさず売店へと連れて行かれた。

行列に近づくと、葉子が嬉しそうに笑った。彼女も強引に付き合わされたらしい。

「最近は、甘いものを食べなくなったんじゃなかったのかな？」

直美の問いに、葉子は口をへの字に曲げた。

「一人で並ぶのは退屈だって、おかあさんに付き合わされてるんです。せっかくだから、買って誰かに差し上げようかと」

すべては、民子のマイペースのせいらしい。

「直美さんは、いかがですか？」

自分も甘いものは苦手だと遠慮すると、葉子は口をへの字にしている。

「おかあさんは、朝も別の店で二段のアイス食べてるんです。どう見ても食べ過ぎなのに、ここの酒粕アイスはどうしても食べるんだって、聞かないんですよ」

さすが酒粕アイスの人気は高い。買い求める客は多く、行列は延びる一方だ。

その酒粕アイス以上に、酒は人気らしく、店内の冷蔵庫は空っぽだった。この蔵の日本酒は、人気で入手困難。滅多に売り出されないため、発売されると秒で完売だという。天狼星グッズや奈良漬けも、けっこう売れている。

間もなく民子たちの順番になった。

民子はすぐに食べるのかと思ったが、保冷剤をつけろと言っている。

売り子がレジカウンターの下から、冷えた塊を取り出して砕きだした。

それをひと目見て、直美は凍り付いた。

ドライアイス！

稲光に照らされたように、すべてが明瞭に見えた。

多田杜氏が命を失い、右手に火傷を負ったのはこれのためだ。火傷はダイイングメッセージに違いない。

犯人は多田杜氏を動けないよう縛り上げた。手首の擦過傷は、そのときのものだろう。そして閉じ込めた上で、身体のまわりにドライアイスを置いた。気化した炭酸ガスで、多田杜氏は窒息死したのだ。

自分の命運を悟った刹那、多田杜氏は無我夢中で知らせようとしたのだろう。誰かに、自分の死が殺人であることを。

朦朧とする意識の中で杜氏は手近なドライアイスの欠片を、握りしめたのだ。それで、できるはずのない火傷が手のひらに残った。

その拳は、ドライアイスが気化するまで、犯人に開かれることがなかったのだ。杜氏の狙い通りに。

売店を出るなり民子は酒粕アイスを、美味しそうに舐め始めた。すぐに食べたかったらしい。

何のために保冷剤をもらったのか？　それは明白だ。

思惑通りだったのだろう。直美の様子を見て、民子はしてやったりと、にんまり笑った。

「手の込んだ芝居を」

苦笑する直美を見て民子は嬉しそうだ。

「さて何のことだい？」

民子の笑顔を横目に、直美は改めて事件を見直してみた。

ドライアイスを使って杜氏を殺したとすると、犯行現場は仕込み蔵ではない。あの場所で殺すなら、もろみタンクに落とせば済んだからだ。

逆に言えば、もろみタンクがない場所で殺すために、ドライアイスが必要だったと言える。宴会に出かけなかった杜氏が、閂のかかった仕込み蔵で見つかれば、誰もよそで死んだとは思わない。

だが犯行現場は、仕込み蔵以外の場所なのだ。

宴会場にいたというアリバイは、何の意味もない。蔵元と蔵人の誰にでも、犯行のチャンスはあったのだ。

十一

葉子は並んで買った酒粕アイスを、まりえにプレゼントしようと決めた。調理室へと足を向けると、臨時捜査本部へ向かう直美と、並んで歩くことになった。

調理室にはまりえの他に、人影がもう一つあった。速水杜氏が忙しげに、作業に没頭している。

何をしているのか、のぞいてみると、たこ焼き鉄板の手入れだった。

「この杜氏さんは酒造りの腕も良いけど、たこ焼きも名人級なんです。ハーブソルトまで使いこなすんですよ」

葉子の言葉に、通り過ぎかけた直美が、ぴたりと足を止めた。

「鉄板で焦げた風味がとても香ばしくて美味しかったです。一口サイズでしたね」

葉子の言葉に、速水杜氏が振り返った。改めて鉄板を見てみると、たこ焼きを焼く凹みが小さい。

「名古屋風のたこ焼きでな。若いころに身につけた技なんじゃ」

黙って聞いていた直美が口を開いた。

「中部地方では、たこ焼きにハーブソルトが定番なのかな?」

「そこはわしのオリジナルじゃ。名古屋風なのは、大きさと醤油の使い方じゃな」

速水杜氏は、三重の出身だった。名古屋のたこ焼き専門店で働き、一旗揚げるつもりだったと身の上話を語ってくれた。

途中から興味を失ったらしく、立ち去りかけた直美に、葉子は尋ねてみた。

「直美さん、ハーブお好きなんですか？」

ハーブに、反応した気がしたのだ。そしてそれは正解だった。

「自分で言うのもなんだが、割と詳しい」

「どのくらい詳しいんです？」

「学位を取ったくらいかな」

直美の意外な言葉に、葉子は直美が研究室にいたという話を思い出した。

「警察官になる前、科学者だったって聞きました。ハーブの研究をしてたんですか？」

「勝木主任から聞いたのか」

直美は苦笑いしつつ、生い立ちについて語り出した。

直美は学生時代ゲノム解析と遺伝子にはまり、その道に進むことを決意したという。

「ゲノムとか遺伝子って、難しくってよくわかりません。どこが、そんなに面白いんですか？」

「パズルのように論理的で、遺伝子と働きの因果関係が、過不足なく一義的に決まるから。そこに一切の曖昧さがないところかな」

研究が遅れている植物ゲノムの中でも、ハーブについて研究を進めた。その分野での最先端は、英国の大学である。

留学して研究室に勤務し、ゲノムの中にある鎮静・覚醒作用物質を合成する遺伝子を特定するまでになった。

「それがなぜ警察官に？」

葉子の何気ない質問に、直美の表情が強張った。

「数年前に研究室のデータベースが、何者かにハッキングされた。貴重な研究成果が持ち出された上に、データベースは破壊されてしまった」

「なんてひどいことを。いったい誰が」

直美は天を仰いだ。

「脱法ライスを作った張本人である育種家だった。盗み出した遺伝子情報を基に、稲にカンナビノイドを作らせる研究を完成させたのだ」

ハッキングの攻撃元が、日本だったことが判明し、直美は日本に戻って犯人を捕まえる決意をしたのだという。

「元々、父方の親戚には警察官が多かった。若いころは警察官僚を目指せと、うるさくて。ただ、いざ警察を目指すとなると、レールが敷かれてるようだったな」

警察官が身近だった直美は、出世への道を熟知していたのだ。

「これもまた、蛇の道はへびだな」

直美は、自嘲するように、再び苦笑いした。

「そんなわけで、警察官になったのだが血は争えんな。意外と性に合ってるかもしれない」

たぶん、勝木主任はそう思ってないだろう。だが葉子はあえて口にはしなかった。


つまらない話をした、忘れてくれと、直美が立ち去った後、速水杜氏がぽつりと呟いた。

「あの警部さんも、囚われた人間じゃな」

「他にも、誰か囚われてる人がいるんですか？」

葉子の問いに、杜氏は自分を指差した。

「日本酒にな、囚われちまっとる」

そういえば杜氏の身の上話の途中だった。

名古屋時代に、腕を見込んでくれた老夫婦に任された店を、放ったらかして辞めてしまったのだという。

「たこ焼きを肴に、日本酒を飲ませる店じゃった。そこで日本酒を覚えたんじゃが、魅入られてしまってな。酒造りをしたくてしたくて、居ても立ってもいられなくなった。直談判して酒蔵で雇ってもらったんじゃ。若気の至りとは言え、恩知らずな、恥ずかしい話よ」

速水杜氏が宙を見つめた。細い目をいっそう細めている。そして一つ、ため息をついた。

「その罰が当たって、好きだった女の子に愛想尽かされた。蔵人になんぞなってなければ、今ごろ一緒にたこ焼き屋をやってたかもしれんのに」

手入れが済んだのだろう。速水杜氏はたこ焼きの道具を、丁寧に布で包み始めた。

「わたしは杜氏になってくれて、良かったと思います。おかげで美味しいお酒が飲めます」

葉子の言葉にまりえもうなずいた。

「康一さんもよく言ってただすよ。酒造りほど、面白い仕事はない。それに女にもてるって」

速水杜氏は苦笑いすると、静かに首を左右に振った。

「多田杜氏は名杜氏じゃったからな。米が硬かろうが、冬が暖かろうが、酒をベストに発酵させる人じゃった。さぞかし女性にもてたじゃろう」

まりえは見るからに嬉しそうだ。

「下手な杜氏ほど、酒のできを米のせいにしたがるって言ってただす。炎天下で健気に育ってくれた米に、硬くて酒造りしにくいなんて、言えるわけないって」

「ええこと、言うのぉ。米ももろみも、生きておるけん。この世に生を享けた酒は、自分の生きたいように育つ。その味がこうでなきゃいかんとか、人間の都合では容易には決められんよ」

日本酒の味は千差万別。甘辛酸苦渋の味わいが、複雑にからみあっている。米と水だけからスタートして、その味わいに辿り着くのにどういう道筋を進むのだろう。

「『こんな酒が造りたいなんて言う杜氏は、まだまだ。言われた通りに酒を造り、その中に心を込める。それが、本物の杜氏だ』って言ってただすな」

まりえの話を聞くにつれ、葉子の多田杜氏に対する評価は、うなぎのぼりに上がった。

「多田杜氏は、素敵な方だったんですね。お会いしたかったなあ」

「田んぼも好きな人だったんだすよ。夏の岩手ではあの人に会いたくて、よく田んぼに行ったもんだっただす」

「向こうでは一緒に、暮らしてなかったの？」

「互いの家があったすからなあ。田舎は人目が厳しいだすから」

だからこそまりえは、冬にこの蔵に来るのをとても楽しみにしていたのだ。

分厚い鉄板を包み終えた速水杜氏は、一番高い棚の上へ軽々としまった。他の誰にも、下ろせそうにない。たぶん鉄板に手を出されたくないのだろうと、葉子は思った。

第四章　田んぼの守り女神（がみ）

一

午後早くに、オーガペックの有機圃場認証監査の書類審査が完了した。

たった一日で、百冊以上もあったパイプ式ファイルの中身を、一つの抜かりもなくすべて確認し終えたのだ。

田んぼに関する資料は、栽培記録や資材、有機肥料など多岐にわたる内容となっている。

恐ろしく高い書類処理能力だ。事務処理能力の低さを、嘆きの種にしている葉子は、羨望の眼差しを向けた。

「烏丸サン、素晴ラシイ。書類審査ハ、合格デス。資料ハ完璧デシタ。何一ツ、抜ケモナケレバ、余計ナモノモナイ。初回デ合格スルノハ、今回ガ最初ジャナカッタカナ」

「あなた方が散々、スパルタでしごいてくれたおかげです。礼を言っておきます」

秀造はそう言いながらも、顔は笑っている。スティーブンに手を差し出し、握手した。

「コウシテ見ルト、監査デキナカッタ白椿香媛ノ田ガ惜シイナ。コノレベルナラ、書類審査ハ文句ナシダッタロウ。何ガアッタカ知ラナイガ、残念至極ダネ」

「また最初からガンバります。何年かかっても、白椿香媛の田の有機認証は取ります。そのときはよろしく頼みますよ」

「ソノ意気ナラ、大丈夫ソウダナ。イツデモ言ッテクレ、ヤッテ来ルカラ」

スティーブンと秀造が、再び力を入れて手を握り合った。

「コレデ書類審査ハ、終ワリダ。デハ、肝心ノ田ンボヲ見セテモラオウカ。実地ノ審査ニ入ロウ。田ンボガ完璧ナラ、認証ハ完了ダ」

オーガペックのメンバーたちが、素早く乗って来た車に分乗する。

葉子と民子も、桜井会長と一緒に、秀造の車に乗り込んだ。

本物の風の壱郷田では、稲穂が黄金色に輝き、銘刀のようにシャープな弧を描いていた。稲は広く間を取って等間隔に植えられ、雑草の一本もない。

田んぼの周囲のあぜには、幅広く洋芝が植えられている。周囲には、膝の高さほどの白い柵が設けられていた。芝の緑が、稲穂の黄金色とコントラストをなしている。

田んぼの手前には、『風の壱郷田圃場』と『烏丸酒造管理圃場山田錦栽培田』と記されたプレートが、燦然と輝いていた。

逃走中の松原拓郎に盗まれたため、看板は新調されていた。だが、看板がなかったおかげで、風の壱郷田には毒が撒かれないで済んだのだ。塞翁が馬、または禍福は糾える縄のごとしとは、よく言ったものだ。

葉子は田んぼの美しさに、心から感動した。

「ここが、風の壱郷田なんですね」

桜井会長は子供のように、目を輝かせている。

「いつ見ても、惚れ惚れします。見ていて飽きることがない」

この辺りの田んぼは、山の麓から川に向かって、段々に下がってきている。だが、ここだけは、まわりより少し高くなっていた。土地が隆起しているのだ。

まわりの田んぼが低いため、見晴らしもいい。

柔らかい風が、北から南へと吹き抜けて行った。

「この地は、一年中この風が吹いているんです」

秀造が北方の山々を指差した。

「中国山地には僅かな山の切れ目づたいに、北から南へ風が通る道があるんです。日本海から瀬戸内海への風の通り道です。この風が稲を慈しんで、育ててくれます。うちの蔵は、この風の通り道に建ってるんです。冬場はシベリア寒気団が、日本海を渡って雪山を抜け、真っ直ぐに寒風を蔵に吹き付けます。それで、この辺りではありえないほど気温が下がるんですよ」

民子が鋭い目で周辺を見渡している。起伏や川の流れを、見ているらしい。

「あんたんとこのご先祖さんは、そこまで調べて蔵を建てたんだね。大したもんだ」

「風が止むことはないんですか？」

葉子の問いに、秀造が涼しそうに笑った。

「一年中この風が吹いてます。古い『風土記』にも、そう記されてるんです。ここの土はミネラル分が多く、有機肥料をそれほど必要としません。それでもいい米が育つのは、日照と寒暖差があって、いい風が吹くからです。光合成を理想的に行うことができます」

葉子はまわりの山を見回して、風の他にも気に入ったことがあった。

「近所にゴルフ場がないのも、良いですね」

「芝に撒く農薬は、ハンパない量ですからね。上流にゴルフ場のないエリアは、貴重なんですよ」

見える範囲の低い山々は雑木林に覆われ、人の手が入った気配は微塵もない。

「ここで採れた米で造るのが、世界一の酒なんだね」

民子の質問に秀造が胸を張った。

「はい、パリ・オークションで、毎年最高値をつけていただいてます」

「たいしたもんだねえ。一本百万円とは」

日本酒のコンテストで最も古く権威があるのが、全国新酒鑑評会である。独立行政法人の酒類総合研究所などが主催し、毎年春に行われている。鑑評会専用に醸造した酒が集まり、一定レベル以上の酒を、入賞と金賞とに選定するのだ。

それとは別に近年、ワインの国際コンテストに、日本酒部門が登場した。ＩＷＣのＳＡＫＥ部門。こちらは市販酒が対象だ。純米大吟醸酒や純米酒など、部門ごとにトップを決定し、その中からチャンピオンを一本決める。

「コンテストと別にオークションもありまして、パリとニューヨークが双璧です。二大オークションと呼ばれてます」

パリ・オークションは毎冬クリスマスイブに、ニューヨークコレクションは春に開催される。

「うちは、パリしか出品してないのですが、ニューヨークは獺祭さんの独壇場で、毎年最高値でしたね」

桜井会長はうなずいたが、嬉しさ半分といった感じだ。

「ニューヨークではトップですが、パリではまだまだです。悔しいですが、烏丸さんのとこには及びませんよ」

桜井会長は、風の壱郷田を羨望の眼差しで、眺め続けている。

葉子はそっとノンラベルのボトルを取り出し、語りかけた。

「ここがあなたの生まれ故郷よ。里帰りだね」

秀造が大きく顔をほころばせた。

「持ち歩いてくれてるんですね」

「事件が解決したら開けようって、約束したんです」

そのときは田んぼを見ながら飲むのも、楽しいかもしれないと、葉子は思った。

二

オーガペックの一行が、風の壱郷田の査察に出て行って間もなく、臨時捜査本部に、老紳士が入って来た。

朝方に蔵の売店で言い争いをしていた秀造の義父、やり手の酒販店の社長だ。

「お取り込み中のところ申しわけない」

素早くこの場の責任者を勝木主任と見定めると、その前に立った。直美は二人の会話に耳を傾ける。

「今回の脅迫事件に関して、ぜひお耳に入れておきたい情報がありまして」

「ほう、耳寄りな話ですと？」

「新しく来た杜氏を、調べられた方が良い。昨夜に怪しい行動をしていました」

勝木主任の目が光った。

「何が怪しいと？」

「甲州屋の女将と近くの神社で密談していたんです。叩けば、きっと埃が出るでしょう」

「なんと？」

「話の内容まではわかりません。しかしおそらくは田んぼに毒を撒いた一味ではないかと。あの女は、実家の酒蔵が潰れたのを、烏丸酒造のせいだと、逆恨みしています。杜氏も、そんな女と会っているのは怪しい。きっと後ろ暗いことがあって、田んぼの脅迫に加担してるのに違いない」

勝木主任は腕組みし、黙って聞き入っている。沈黙を否定と受け取ったのか、秀造の義父はいっそう言葉に力を込めた。

「奈良の酒蔵に訴えられてるのは、ご存じですね。今季の酒造りを任されていたのに、ほっぽり出して、この蔵へ来たんです。そうまでして、この蔵に来るからには、何か大きな目的があるはずです。あの大男が、この蔵に来たのと合わせて脅迫が始まってるのも、偶然の一致とは思えません。絶対に何か示し合わせています。この蔵への恨みを、晴らすつもりなのです」

この男の話は想像だけで、何一つ証拠はない。

「風の壱郷田に毒を撒くのは、烏丸酒造に嫌がらせし、損害を与えるのが目的なのだ。きっと身代金も嫌がらせで、受け取る気なんかないに違いない」

ひとしきり喋りまくった男が去った後、勝木主任は黙って考え込んでいる。今聞いた話を、どう扱ったものか悩んでいるのだろう。

そこへ、一人の制服警官が駆け込んで来た。

「松原拓郎が、見つかりました」

一瞬、虚を衝かれた勝木主任だが、すぐに思い出したらしい。

「脱法五平餅屋にいた男だな。脱法ライス中毒の」

「自分が、松原の友人宅に聞き込みに行ったところ、匿(かくま)われていました」

「それで、捕まえたんか？」

「いえ、残念ながら取り逃がしました。申しわけありません」

「なんや、逃がしたやと。うーん、しゃあないか。それで、どういう状況や？」

「はい。楓里町の民家を一軒一軒聞き込み捜査していたところ、まわりからポツンと離れた一軒の農家に、不審な青年がいました」

「どんな風に不審だったんや？」

「おどおどとして、しきりに部屋の中を気にしてる様子だったのです。何かを隠してると思っていたら、裏からエンジン音がしました。すぐにそちらに回ると、原付バイクが走り出して行ったのです。後ろ姿ですが、間違いありません、松原拓郎でした」

追跡しようと思ったが、自転車だったので振り切られてしまったらしい。

その後、確認したところ、青年は松原拓郎の元同級生だったという。

「足取りは不明ですが、逃げるときに友人宅から気になる物を持ち去ってます」

「気になる物というと？」

「大量のパラコートと、それを撒く噴霧器です」

「農薬か？　なんでそんな物を？」

首を傾げる警官の後を勝木主任が引き取った。

「パラコートは毒性が高いさかい、噴霧器で直接人にかけたら急性中毒になる。下手に吸い込むと、命の危険さえあるな。人を脅すのに、使うつもりやろか？」

「幻覚持ちの中毒者に持たせるのは、危険極まりない代物だな」

直美の言葉に、勝木主任が深くうなずいた。

「捜査員を増員する。松原拓郎の身柄の確保を優先するんや」

勝木主任は手に負えない田んぼの脅迫のことは、いったん横に置いたらしい。容疑者を捕まえる仕事に、力を注ぎだした。そうと切り替えれば、仕事は早い。テキパキと部下に指示を下し始める。

松原拓郎といえば、直美には気になっていることがあった。神社の境内で脱法ライス五平餅を食していた日、速水杜氏がすぐ側でたこ焼きを焼いていたのだ。そこには、東京の大手酒屋である甲州屋の甲斐千春もいた。

その二人が、神社で不審な会話もしていたという。偶然の一致の可能性もあるが、調べてみる必要はあるかもしれない。

勝木主任も、同じことを考えたのだろう。

「速水杜氏と甲斐千春も呼んで、事情を聞いてみるとするか」

任意で事情聴取を求めることを決めて、二人を同行してくるよう部下に命じている。

三

オーガペックの検査官たちが、輪になって集まっているのに、葉子は気づいた。今しがたまで、風の壱郷田と周辺の水路やあぜを、チェックしていたはずだ。確認内容の摺り合わせかもしれない。

どうやら問題はなかったらしい。検査官たちは、輪を崩すと近隣の田んぼに入り始めた。何機かのドローンも、離陸し始めている。上空から周囲の田んぼを、チェックするのだろう。

「人さまの田んぼに、勝手に入るんじゃないよぉ」

民子が大声で注意すると、オーガペックのリーダーが作業を中断して、こちらへとやって来た。

「認証スル田ンボニ、影響ヲ及ボス可能性ガアル範囲ハ、スベテチェックシマス。ソレデナイト、有機栽培ノ安全性ガ担保デキマセン」

両手を腰にあて胸を張っている。

「ソノ田ンボダケ調ベテ、認証スル団体モアルガ、信ジラレマセン。県ノ機関ナドハ有機栽培ノオ墨付キヲ与エタイダケデ、有機栽培ノ本質ヲハキ違エテイマス。風向キヤ、用水ノ経路モ考エ、必要ナラ、隣ノ隣ノ田ンボモ調ベナクテハイケマセン」

見ると、オーガペックの検査官たちは、隣の隣の田んぼまでチェックしに行っている。

「疑い深いんだねえ」

民子が苦笑いし、わざと大きく肩をすくめてみせた。

「でも無理もないか。確かに、除草剤を使わないでここまで、田んぼをきれいにできるのは、信じられないねえ。ここには、本当に雑草が一本もない」

「おかあさん。江戸時代までは、農薬も化学肥料もありませんでした。あったのは油粕みたいな有機肥料だけです。もちろん今より収量は低いですけど、それでもちゃんと米はできていました」

「でも毒を撒かれた田んぼは、雑草だらけだったんだろ。あれが自然なんじゃないのかい？　こっちが不自然に見えるけど」

「トンデモナイ。コレガ自然ナノデス」

スティーブンが、両手を大きく左右に振った。

「長イ時間ト、手間ヲカケレバ、ココマデ来レマス」

葉子にも、今までにたくさんの有機圃場を取材してきた知識があった。

「その秘密は、田植えにあるんです。わざわざ苗を別に作って、水を張った田んぼに植えるのは、なぜだと思います？　陸稲(おかぼ)と言って、土に直接蒔いても玄米は芽を出すことができるのに」

いつも間髪容れず答える民子が、答える前に躊躇して一瞬遅れた。

「田植えの理由なんて、考えたこともなかったねえ。水を張った田に、苗を植えるのは、当たり前のことだと思ってるよ。田植えは、日本の原風景だろ。その理由を、知ろうと思ったこともない」

民子が首を傾げた。

「なぜなんだい？」

「イネ科の雑草は、発芽するのに空気が必要なんです。つまり水が張ってある水田の土中の種は、芽が出せない」

「田植え前の水田だね。水の底の雑草の種は窒息してるから、発芽できないのか」

葉子は微笑み、うなずいた。

「だから種籾を発芽させて、苗を作る。発芽した苗は、水田に植えても育つんです。水面から顔が出て、空気に触れてますから」

「なるほど！　そういうことかい。発芽した苗だけが、水面より背が高いから、呼吸できるんだね！」

「それが田植えの意味。雑草を防ぐ知恵だったんです」

「さすがヨーコさんだ。よくご存じですね」

秀造によると、空気がなくても発芽できる雑草もあるが、それには別の対処法があるらしい。田植え前に水を張っておくことで、発芽した雑草を一網打尽にするという。

「もちろん、それだけで全く雑草が生えなくなるわけじゃありませんが、かなり減らせます。それから先は、雑草を見つけたら抜く。根気がいる作業ですが、それも肝心です」

「田ンボハ、一日ニシテナラズ。何年間モ、繰リ返スウチニ、田ンボノ草ハ徐々ニ減ラセマス。土中ノ種ハ零ニハナリマセンガ、零ニ近ヅケルコトハデキマス。ソレガ、ココノ田ンボデス」

スティーブンは、目の前に広がる風の壱郷田を、指してみせた。

「ワタシタチガ、認証シテイル中デ、最高ノ田ンボデス。ココヲ手伝エタノハ、ワタシタチノ誇リデス」

「農薬がない時代の稲を育てる技が田植えです。発明した人は大天才ですよ」

「秀造さん、いくらすごい技術だって言っても、昨日の田んぼにはかなり雑草が多かったそうじゃないか」

民子が微笑んで言うと、秀造が頭を掻いた。

「ちょっと目を離したとは言え、あそこの雑草は、ちょっと多過ぎです。普通は、あそこまでは生えないはずなんですけどね」

「田植エハ、雑草ヲ取ル優レタ技術デス。タダ、弱点モアル。田植エ直後ニ水ガ抜ケルト、空気ニ触レタ土中ノ雑草ハ、発芽シマス。ナゼカハ、ワカリマセンガ、ソコノ田ハ、田植エノ直後ニ水ガ切レタノカモシレマセン」

民子がぽんっと手を叩いた。

「なるほどねえ。水が切れると、土中に空気がある。だから雑草の種が、発芽しちゃうんだね」

「そうなんです。あの田んぼは春先からずいぶん、いたずらをされていました。もはや嫌がらせに近かったな。水を抜かれたのも、一度や二度じゃありません。その挙げ句が、あの雑草だらけの有様です」

秀造が大きく嘆息した。

その嘆き声をよそに、田んぼの上をそよ風が吹き抜け続けている。脇の用水路には、澄んだ水がたっぷりと流れていた。空には赤とんぼが飛び交い、水の中には田螺(たにし)が這って、陸ではカエルが跳ねている。

葉子は雑草だらけな上、間違って毒まで撒かれた田んぼが、可哀そうになってきた。

「なんだか昨日の田んぼ、また見たくなっちゃいました。ここから歩いても近いんですよね。ちょっと行って来てもいいですか？」

秀造は笑ってうなずいた。

「そしたら草取りもお願いします。なんちゃって」

民子もすぅーっと一歩前に進み出て来た。

「あたしも連れてってくれるかい。あの田んぼには、ちょっと気になることがあってね」

吹きやまぬ風に乗って、微かなサイレンの音が、遠くから響いてくる。

「ヨーコさん、一つだけ注意してください。松原拓郎が近くに潜んでるかもしれません。見かけても、絶対に近寄らないように、それだけはよく気を付けてください」

秀造の言葉に、葉子は居住まいを正した。

民子の後を追って歩き出すと、亀の歩みのはずなのに、民子の背中が既に小さい。葉子は、慌てて歩みを速めた。

四

松原拓郎を発見し追跡中との一報が入ってすぐ、秀造とオーガペックのメンバーが、烏丸酒造に帰って来た。

風の壱郷田の現地監査は、無事に終了したらしい。今年も有機圃場としてのお墨付きが、与えられる。

なぜか直美もほっと一安心した。

酒蔵に戻って来ると休む間もなく、あっという間にオーガペックの連中は、撤収して行った。来たときと同様、規律正しく。その素早さは風のごとくだった。

秀造は見るからに、ほっとしている。顔がふにゃふにゃに緩み、肩の力も抜けていた。

すると、事務所にちょうど寿司の出前が届いた。出前持ちが風呂敷包みを開き、寿司桶をテーブル上に並べていく。

「気がきいてるなあ。誰が頼んでくれたんだ？」

秀造の問いに、蔵人と社員が顔を見合わせた。誰も心当たりがないらしい。

「よそさんから、頼まれました。烏丸さんにはお世話になってるからお祝いにと、言伝(ことづて)を預かっています」

地元の顔馴染みらしい、寿司屋も手慣れている。にぎりの桶を並べ終えると、風呂敷を畳み始めた。

「誰からだい？」

「それがよくわからないんです」

「わからない？　誰に頼まれたかわからないのに、よく出前をするな」

「お代はいただいてるものですから」

「支払い済みだって？」

今朝、寿司屋の郵便受けに封筒が投函されていた。中には、出前の依頼文と、現金が入っていたという。

昼前に不思議な声で、配達を確認する電話もあったらしい。

「女性っぽいけどどこか変で、電車の行き先案内みたいな声でした」

「電車の行き先案内？　合成音声かな」

出前持ちは、懐から白い封筒を取り出して秀造に渡した。

「はい、それでこれも一緒にと手紙が同封されてました」

「手紙？」

「蔵元に手渡して欲しいと電話でも言われました。確かに、お渡ししましたよ。食べ終わったら、寿司桶は外に出しておいてください。洗わなくても構いませんから」

頭を下げると、すっと外へと出て行く。

寿司屋が置いていった白い封筒には、『要求状』と表書きがあった。

最後の指示は、少し複雑だった。

「たまこうじのつくりかた、くでんをあんごうかしたうえ、QRコードにへんかんして、ここうくにのせろ」

暗号化の方法はAES128。パスワードとして、十六文字の意味をなさない英文字列が記してあった。

秀造や勝木主任は、首を捻っている。だが直美は、要求状をひと目見ただけで、感極まって唸った。

「見事な！」

その場の全員の視線が、集中する。

凝視されハッと我に返り、直美は苦笑いをした。

困惑した顔の秀造が、問うてきた。

「葛城警部は意味がわかるのですか？　わたしは全然わかりません。なんなんですか、これ？　暗号化とか、ＡＥＳとか、ＱＲコードに変換とか」

「玉麴の作り方をＱＲコードに変えて、広告の隅に印刷しろと言っているのだ。つまり、新聞を買ってコードを読み取れば、犯人には玉麴の作り方がわかる」

勝木主任があっと叫んだ。

「なるほど、そうやったんか！　でも、ホンマに誰にでも読み取れるんですか？」

「パスワードを知っていれば、勝木主任のスマホでも読める」

「接触せずに、身代金を受け取れるってわけか」

桜井会長もうめいた。

「正確には身代金ではなく、玉麴の作り方だけどな」

脅迫犯の目的が明らかになり、勝木主任の目が猟犬のそれに変わった。

「具体的には、どうやるんです？」

「ＡＥＳっていうのは、暗号化の標準規格になっている。アメリカの標準技術研究所で決めた暗号化方式で、ラインダールとも言うのだ。指示されたパスワードで、誰にでもすぐに暗号化ができる。フリーソフトもあるし、ＪａｖａＳｃｒｉｐｔには暗号化のライブラリが標準搭載されている」

「そんなに簡単なんですか!?」

「もちろん。パソコンに詳しかったら、中学生にだってできる。ＱＲコードにするのは、もっと簡単だ。ネット上で変換すればいい」

「でも、そんなんたくさん字は入らへんでしょう」

「ＱＲコードは、一つに千八百十七文字まで入るんだ」

「二千文字近くも!?　そんなに入るんですか？」

「もっと多くても、問題はない。二千字で足りなかったら、二つでも三つでも、別々にコードにして、印刷すればいい」

「二千字もあれば口伝は、十分足ります」

秀造のかすれた声は、誰に言うでもなく宙をさまよった。

「コードがいくつ印刷してあってもおかしくないように、全面広告の指定だったんだな。それだけだったら、直前に入稿しても印刷できる」

直美の説明を聞き、勝木主任が腕組みをした。そして険しい顔で黙り込んでいる桜井会長に、視線を向ける。

「その玉麴の作り方いうんは、貴重なんでっか？」

「貴重も貴重です。世界一の酒を造る技術ですから、日本中の蔵元と杜氏が、喉から手が出るほど知りたがっています」

桜井会長の声が、興奮で震えている。

「金額に換算すると、いくらくらいです？」

「金額換算はわかりませんが、特許を取ったら億単位で使用料が入るでしょう」

「億単位だって？　マジですか⁉」

動揺している勝木主任に、桜井会長が説明を続けた。

「でも、特許は難しいでしょうな。名前を出さないと出願はできません。脅迫犯だってすぐにバレてしまう。自白するようなものです」

桜井会長の言葉を、直美はあっさりと否定した。

「海外で出すという手もある。中国とかアメリカでも」

「海外ですか？」

「そう。代理人を立てて出願し、日本国内にも並行出願する。自分で考えましたって言われたら、遮りようがない」

「そいつが目的やったんか」

勝木主任が、額に手をあてて再びうめいた。

桜井会長が、ゆっくりとかぶりを振った。

「いや、それはわかりません。玉麹を自分で作って酒造りに利用するのかもしれません。秘かに玉麹を作れば、誰にも知られることなくうまい酒が造れる」

「玉麹を使った酒がオークションに出て来たら、飲めばわかりますか？」

勝木主任の問いに秀造と桜井会長が、顔を見合わせた後、秀造が口を開いた。

「おそらくわかります。ただ、断定するのは無理です。重要と言っても、麹作りはあくまで酒造りの一つの工程で、酒造りは複雑ですから」

「犯人に知らせる前にこっちから先に特許を出して、技術を守ったらどうなんや？」

直美は人差し指を立て、大きく左右に振ってみせた。

「それは無理だ。勘違いをしている人が多いけど、特許はただ技術の権利を守ってくれるものじゃない。公開が前提だから」

よくわかっていない様子の勝木主任のために、直美は説明を続ける。

「自分の技術を人に教える代わりに、技術を使った人から、使用料をもらえる。等価交換ってことだ。そしてそれは、二十年間だけしか保証されない。だから、この玉麴のように千年以上、誰にも真似ができない秘技は、出願なんてしない方が正解になる。特許にすると、皆が作れるようになってしまう」

秀造が、その通りですとうなずいた。

「どうする？　玉麴の口伝を暗号化するなら手を貸すけど」

直美に尋ねられ、秀造は口ごもった。

しばしの沈黙の後で、秀造は、ゆっくりと首を左右に振った。

「ダメです。玉麴の口伝は、何があっても門外には出せません」

秀造の顔は苦悩で歪んでいる。だが、その目は固い決意で、光っていた。

五

葉子が見たところ、白椿香媛の田では、相変わらず山田錦の肩身は狭かった。雑草がそこそこ生えている。毒で枯れた稲穂は、相変わらず痛々しい。

秀造が言った通り、風の壱郷田からほど近かった。民子と一緒に歩いて二十分とはかからない。

二つの田んぼを見比べると一目瞭然だった。月とスッポンとは言わないが、見た目は大きく違う。雑草の有無だけでなく、田んぼまわりのあぜは草むらだし、周囲の柵もない。稲自体も細くて、どこか貧相に見える。今年は不作だと聞くが、そのせいもあるのだろうか。

田んぼに着くと民子はまっしぐらに、毒を撒かれた場所を見に行った。何やら、いろいろと調べている。

田んぼの向こう側に、二人の女性が見えた。並んで佇み、田んぼを眺めている。近づくと、まりえと甲州屋の千春だった。農道に小さな水色のワゴンと、少し離れて白いハイブリッド車が停まっている。

葉子たちに気づき、まりえたちが手を振ってきた。朗らかな笑みで、かなり人が良さそうな二人だ。

「千春さんに、乗せて来てもらったっす」

まりえは両手をいっぱいに広げて、田んぼを抱きしめる真似をした。

「やっぱ、おらは康一さんが育てたこの白椿香媛の田んぼが一番好きだす」

千春がまりえと並んで、両手を広げた。

「わたしも好きだなあ、この田んぼ。それでつい、来ちゃいました。ヨーコさんたちは、どちらから？」

「風の壱郷田からです。初めて行ったんですけど、ビックリしました。素晴らしくきれいな田んぼなんで」

「世界一の田んぼを名乗るのは、伊達じゃないですよね」

「本当、雑草なんて一本もないんですよ。雑草取りしたいってお願いして、ここに案内されたことに納得しちゃいました」

葉子の素直な物言いに千春とまりえが笑い出すと、とんぼが輪を描いて去って行った。

「ここの雑草も、ずいぶん抜いたんだけどなあ」

葉子の言葉に、まりえが雑草を数えて苦笑いしている。

「康一さんは、この田んぼが気に入ってたんだす。ここを蔵で買ってから、ずっと世話をしてました。足跡が最高の肥料だって、言ってただすもの」

「素敵！　日に何度も足を運ぶから、稲が美しく育ったんですね」

まりえが得意気に胸を張った。

「今はこんなだけど、去年は素ん晴らしかったっすよ」

「と言っても、風の壱郷田ほどじゃないでしょう？」

葉子の言葉に、まりえがブルブルと首を左右に振った。

「いやいや、風の壱郷田くらいきれいな田んぼだったっす」

「本当？　ちょっと信じられない」

「ホントも、ホントっす。あーっ、ヨーコさんにも見せてあげたかったっす」

まりえはそっと屈んで手を伸ばすと、田んぼの縁の目立つ雑草を一本引き抜いた。抜けるように高く青い秋の空の下、黄金色の山田錦は威風堂々と天を指している。稲を揺らす風が頰を掠める（かすめる）と、一瞬冷んやりした。

ふと気づくと民子の姿がない。

見回すと、いつの間にか隣の田んぼに行っていた。農作業着姿の松原文子と、何か立ち話をしている。

葉子は手を伸ばして、山田錦の稲穂を触ってみた。籾は小さいながらも、かっちりとしている。

「今年は夏が暑かったから、米が硬くて溶けにくくなるだろうって」

葉子の言葉に、千春がふっと微笑んだ。

「あんなに暑かった夏も涼しくなってしまって、夏が終わるとちょっと寂しいですね」

その言葉を聞いたまりえが、手にしていた雑草をペッと用水路へ捨てた。あっという間に、流れ去って見えなくなる。

「そんなことねえ。夏なんて、さっさと終わっちまえば良いんだすよ」

まりえは、夏が嫌いなのかもしれない。

冬の播磨では多田杜氏と一緒に暮らしていても、夏の岩手の家では別々に暮らしていたと言っていた。

千春は特に気分を害した風でもない。にこにこと田んぼを見回している。

「この田んぼは懐かしいなぁ。実はわたしにも、大切な思い出があるんです」

まりえの表情が強張った。

「まさか、康一さんとの思い出じゃ？」

「とんでもない。子供のころ、ここはうちの田んぼだったんです。ただ、それだけです」

葉子はハッとして、千春の表情をうかがったが、何事もなかったように微笑んでいる。

秀造が有機認証を取ろうと力を入れている田んぼは、元は花椿酒造の所有だったのだ。

「もうすぐうちで酒造りを始めるんですけど、ここのお米を使わせてもらえないかなあ」

「千春さんが酒蔵を買い取ったんですか？」

これまた驚いた。現在、酒造の新規免許は下りない。酒造業を始めたければ、休造している酒蔵を免許ごと買うしか道はなかった。

業界保護のためとは言え、新規参入が阻害されている。そのために閉鎖的で衰退しつつあるのが、酒造業界の現状だった。

「ここから少し西に行った、宍粟(しそう)市にある酒蔵さんを買いました。古いけど、いい蔵なんですよ。ヨーコさんも一度、お仕事抜きで遊びに来てくださいな」

さすがは東京でも一、二を争う酒屋の大手だ。売るばかりでなく、オリジナルの酒造りも始めるらしい。

気づくと、農道に軽トラックが停まっていた。人の気配がしたと思うと、大きな人影が上がって来た。

「ちいちゃん。やっぱり、ここじゃったか」

速水杜氏だった。蔵では鋭く尖っている目が、どこか優しい。

「克さん！」

「携帯に電話しても出ないから、迎えに来たんじゃ」

速水杜氏の言葉に身体を探った後で、千春は決まり悪そうに愛想笑いをした。

「車の中に、置いて来ちゃったみたい」

二人のやりとりに葉子は目を丸くした。

「克さんに、ちいちゃん？　ただならぬ呼び方ですね？」

千春がすっと速水杜氏に寄り添った。

「わたしたちは昔、一緒に暮らしていたこともあったんです」

「わしがふられたんじゃったけ。まあ貧乏蔵人より、甲州屋さんのような大店（おおだな）に嫁に入った方が幸せなのは、間違いないけどな」

「そんな風に意地悪を言うのは、やめてくださいな」

「すまん」

千春が睨むと、速水杜氏はあっさり頭を下げた。その仕草はどこか微笑ましい。

「名古屋で暮らしてた頃、克さんはまだ駆け出しの蔵人で、わたしは実家をなくした小娘でした」

千春がころころと笑った。速水杜氏も懐かしそうに微笑んでいる。

葉子は二人の顔を交互に見比べた。

「それじゃあ、杜氏が愛想を尽かされた女性っていうのは」

速水杜氏が千春に目をやり、恥ずかしげに頭を掻いた。

「四畳半一間。狭くてなあんもない、暮らしじゃったなあ」

千春も照れているのか、目を伏せている。

「でも、楽しい毎日だったわ」

速水杜氏がスッと千春から離れて、一歩進んで田んぼの縁に立った。葉子たちに背を向け、田んぼの山田錦に見入っている。

「ご存じですか、杜氏や蔵人には、二月と三月生まれが多いんです」

千春が微笑みながら、小首を傾げた。

「冬の出稼ぎから、奥さんのもとに四月に戻るからだろ。そこから十月十日だ。エッチな話だねえ」

民子がいつの間にか戻って来ていた。ニンマリ笑っている。

「蔵人は冬場の造りの間、蔵に籠ります。克さんも冬は留守でした。そんなときに亡くなった主人に出会ってしまったんです。ひと冬悩んで、克さんが戻る前の春に、部屋を出ました。結果は短い結婚生活になりましたけど」

千春が肩を落とし、寂しげに微笑んだ。

「あんたはそれでずっと独りだったんだね」

民子が速水杜氏の背中に声をかけた。

速水杜氏が好きだった女性というのは、千春だったのだ。噂だけが、独り歩きしていた。

流離いの杜氏は腕利きで気前が良く、寄って来る女は多いが、誰一人として相手にしてもらった者はいないと評判だった。

それは、千春を忘れられなかったからなのだ。そして、千春の結婚生活もまた短いものだった。

山田錦を見つめ続ける背中に向かって、民子がたたみかけた。

「無理して烏丸酒造に杜氏として入ったのは、この田んぼが目当てかい？」

ビクッと肩を震わせると、疾風（はやて）のように速水杜氏が振り向いた。その細い目から放たれる強い視線が、どこか戸惑っている。

「図星だったようだね」

民子は心底楽しそうだ。にやにやと笑っている。

「この田んぼの米で造った酒を、千春さんに扱わせてやりたくて、無茶をしたんだろ」

速水杜氏が目を見張った。信じられないという表情だ。

「えっ!?」

千春も呆気にとられている。慌てて、杜氏の顔をのぞき込もうとしたが、少し遅かった。

素早く速水杜氏が、田んぼの稲に向き直っていた。何も言わない。だが、その背中は雄弁に何かを語っていた。

「克さん、そうだったの？」

何も返事はない。だが、千春は得心したようだ。肩の力を抜き、目を潤ませている。

「ありがとう……」

大きな背中に向かって、小声でそっとささやいた。

ガーゼのハンカチを取り出し涙を拭う。そして晴れやかな笑顔で、葉子に向き直った。

「あれから二十年以上経ち、新しい酒蔵を始めるにあたって、克さんをスカウトに来たんです。昨夜もうちの蔵で働いて欲しいと話をしました」

「で、たこ焼き屋さんは何と返事を？」

「残念ながら……。でもわたしは諦めませんわ」

速水杜氏が振り返り、山田錦から葉子たちに視線を戻した。太い腕は力強く組んだままだ。

「単なる杜氏じゃなくて、蔵元杜氏として来てくださいって、改めてお願いしてみます」

心なしか、速水杜氏の頰に赤みが差した気がする。

大入道が、わざとらしく大きな咳ばらいをした。

「ごほん。そうそう、あんたを迎えに来たんじゃった。警察の主任さんが話を聞きたいって言っとるけ」

「警察がわたしに用？」

「わしがついとるけ。心配はいらん」

「はい」

すっと千春が速水杜氏に寄り添う。

「すみません、お座敷がかかったようなので、ちょっと行って参ります」

二人は会釈を残し、するすると田んぼから立ち去って行った。

杜氏の軽トラックと、水色のワゴンが走り出す。つかず離れずぴったり同じ間隔を維持したまま走り去って行くのを、葉子は見送った。

「蔵元杜氏として来てくださいって、ひょっとしてプロポーズですよね」

民子が、うなずいた。

「今度は、上手くいってくれるといいけどねぇ」

夕暮れにはまだ早いが、田んぼの赤とんぼたちの輪が増えてきた。二匹ずつひとつながりになって飛び回っている。

「いいすなぁ、あの二人。おらも、もう一度だけ康一さんと一緒に、田んぼを見てみたかったすなぁ」

まりえは小石を拾うと、とんぼに向かって投げつけた。だが軽やかにかわされ、小石は田んぼへと落ちた。

「あの日に妖怪なんか見に行かず、ここについて来ればよかったなあ」

葉子は何の気なしに聞いた。

「あの日って？」

「康一さんが、死んじゃった日だす」

民子がサッと振り向いた。その目は鋭く刺すようだ。

「ついて来るって、多田杜氏がここに来たとでも言うのかい？　何かの間違いじゃないのかい？」

まりえに詰め寄る姿はいつになく真剣だ。そんな民子を見るのは、葉子も初めてだった。

「間違いも何も、メールをもらったんだすよ。おらが水木しげるロードさ、いるとき」

まりえの差し出したスマートフォンは、多田康一からのメールを受信していた。これから白椿香媛の田を見に行くとあり、日時はあの日の夕方だった。

「返信したんだすども、それっきり音沙汰なしでした。それが次の日に、蔵に帰ったら、あんなことさなってて……」

民子が血相を変えて、まりえを睨みつけた。

「多田杜氏が死ぬ直前に、ここに来ていたなんて。そんな大事な話、なんでもっと早くに、話してくれなかったんだい？」

「だって誰にも、何にも聞かれなかったすから」

無理もない。多田杜氏は、タンクに落ちた事故だと思われていたのだ。杜氏が蔵にいるのは当たり前だから、誰もそんなことは聞かないだろう。

民子の背筋がスッと伸びた。

「杜氏はこの田んぼについて、何か言ってなかったかい？」

まりえは一瞬考え込んだ後、真剣な目になった。

「誰か、ちょっかいを出してる奴がいるって。悪さされてるって、言ってただすよ。水を抜かれたりとか。それで、この田んぼをちょくちょく見に来てたんだすな」

民子が、鷹のような目で田んぼを見据えている。在りし日の多田杜氏の姿を、そこに見ているのかもしれない。

「いたずらもんを見つけて、懲らしめてやるって言ってただす」

まりえの話を噛み締めるように聞き、民子は考え込んでしまった。

「あの日、杜氏がここに来て何があったのか？　何もなく蔵に戻ったのか？」

誰に言うでもなく民子はぶつぶつ呟いている。

「去年まできれいだった田んぼが、一年で雑草だらけになった」

民子は腕組みし、顎に手を添えた。

「そして、風の壱郷田に間違われて毒が撒かれ、稲が枯れた。そこには何かつながりがあるんだ。間違いない」

葉子は民子の様子に、不安を覚えた。自分の考えに没頭し過ぎているのが、怖くなったのだ。

「おかあさん、どうしたの？　自分の世界に入っちゃって。多田杜氏が亡くなった日にここに来てたって、不思議なことはないじゃない」

民子が重々しい調子で、ゆっくりと話し始めた。

「それが良くはないんだよ。おそらく多田杜氏はドライアイスを使って、窒息死させられたんだ。その場合は蔵の外で殺された可能性が高い」

目を丸くするまりえにかまわず、民子は話し続けた。

「だからね。亡くなった夕方にこの田んぼに来てたとすると、ここが犯行現場の可能性だってある」

「ここが犯行現場？　多田杜氏はここで殺されたの？」

「殺されたか、もしくは同じくらいひどい目に遭わされたか」

「いったい誰が？　なんで、そんただことしたださか？」

まりえの悲痛な声と対照的に、民子の声音は冷徹そのものだった。

「この田んぼには、何か秘密があるんだよ。そのために多田杜氏は、死んだのかもしれないんだ」

葉子は思わず首を左右に振った。民子は間違っている。根拠はないが、確信があった。

「おかあさん、きっと違うわ。この田んぼは悪くないと思う。そりゃ雑草は多いけど、良い田んぼだもの。人が死ぬような秘密なんて、あるわけない。何かあるとしたら、この田んぼの外よ。きっと」

「この田んぼの外だって？」

民子は、意表を突かれたらしい。大きく目を見開いた。

そして、毒の撒かれた田んぼの角と用水路から、その水路の向こうの文子の田んぼを見渡した。

「まさか!?」

何か閃いたらしい。民子は石のように固まった。

「あれか？　まさか、そんなことが？　だがもしそうだとすると、辻褄は合う」

民子の脳内で、緻密な推理が組み上げられているようだ。

ひとりごちている民子をよそに葉子は、ハッと耳を澄ませた。

さっきから断続的に鳴っていたサイレンは、パトカーだった。より音が大きくなっている。

それればかりか、別のサイレンが割り込んで、不協和音を奏で始めた。救急車も出動したらしい。徐々にこちらに近づいて来ている。

気づくと白いハイブリッド車に、エンジンがかかっていた。いつの間にか、富井田課長が運転席にいる。

胸騒ぎがして民子を見ると、目が合った。真剣な眼差しがスッと細くなり、眉間の皺がいっそう深く寄る。

葉子の携帯電話が鳴り出した。

六

「一子相伝で受け継がれてきた玉麴の技を教えるなど、もっての外です」

直美の目に映る秀造の姿が、いきなり大きくなった。背にしたドアのステンドグラスを通して、七色の後光が射している。

「四百年以上にわたって、数々の艱難辛苦の折にも、ご先祖が守り通してきたものです。おいそれと、人に知らせるわけにはいきません。ましてや、田んぼのためになど」

声こそ大きいが、興奮した口調ではない。それだけに、どっしりとした言葉の重みが、部屋を覆った。

直美はすっと一歩前に出た。

「この蔵の酒造りは、四百年なんてものじゃないはず。もっとずっと古いのでは？」

秀造の視線が直美に向いた。

じっと凝視された後に、静かに口が開いた。

「なぜそれを？」

「八塩折の酒は、八岐大蛇の時代からある。『古事記』や『日本書紀』の話だから、室町時代にできたという菩提酛より断然古い。それを口伝で造り続けるとすると、江戸時代創業とは思えない」

「さすがです。昨日まで、酒のさの字も知らなかった人には、とても思えない」

秀造は我が意を得たりと、微笑んだ。

「それに気づいてくれる人に、我が一族の話を聞いていただきたくて、八塩折の酒の話もしてるんですよ」

直美も目を細め、秀造を見つめ返した。

「日本の酒造りの歴史は古い。いつくらいからかご存じですか？」

秀造はその場の全員を見回して、問いかけた。

「卑弥呼で有名な『魏志倭人伝』に、日本人はよく酒を飲むって書いてありますよね」

「さすがは桜井会長、よくご存じだ。つまり三世紀末には、既に酒は飲まれてました。もちろん今の清酒とは違い、どぶろくです。そして、記紀には出雲の八塩折の酒が出てくる。島根はこの酒を元に、日本酒発祥の地と言ってます。また、それ以外に日本酒発祥の地を名乗って争ってる地域が二か所あり、それが奈良と兵庫です。両方とも、清酒発祥の地と、碑を建てている。奈良は菩提山正暦寺（しょうりゃくじ）で南都諸白と呼ばれる酒が造られたこと、兵庫は山中鹿之助の息子が清酒を初めて造ったことを、それぞれ理由にしている。兵庫は『播磨国風土記』にも酒の記載があります」

「どちらかが発祥なら、古い方の奈良の勝ちかな」

直美が、きっぱりと断定した。

秀造は微笑み、小鳥のように首を傾げてみせた。

「酒造りに使う麴菌という微生物は、カビの一種でありながら毒を作らないのです」

「カビの毒？」

「急性または慢性障害を起こすカビ毒を、コウジカビの仲間のほとんどが作ります。でも、唯一日本の麴菌だけは作らないのです。突然変異で生まれたのでしょう」

現代の麴菌の遺伝子解析から、大元はたった一つの麴菌が、すべての麴菌の祖先だとわかったという。

「遺伝子鑑定の結果から、その菌は京都の麹座の麹室の中で生まれたと、言われています。当時はまだ、樽や桶を作る技術がなく、酒は甕で造られていました。甕は重くて割れやすいため、運搬に向きません。そこで酒は消費地で造らざるを得ない。当時は、京都が大消費地でした。洛内にはたくさんの酒蔵があったのです」

「無数の甕が並ぶ酒屋の遺跡を、写真で見たことがあります」

桜井会長は博識だ。直美も新聞で見た写真を思い出した。京の街並みのように縦横に仕切られた升目に合わせ、ビッシリと並んでいる甕が出土したのだ。

「その酒蔵に種麹を卸していたのが、麹屋です。麹屋には麹座という組合があり、麹作りを独占して儲けていました。その中の一つの麹室で、毒を作らない麹菌が生まれたと伝えられています」

皆が黙り込み、息を呑んで、秀造の話に聞き入った。

「当時の酒造りは麴座が麹を作り、酒座の組合員の酒屋がその麹を使って酒を造っていました。分業だったのです。その時代が長く続いた後麹座が滅んで、酒屋が麹室を持って酒造りを始めます。そのころには、酒造りの原型は完成していたのです」

「京の洛中が、日本酒発祥の地だと言いたいんだな？」

秀造は満面の笑みを浮かべ、背筋を伸ばしてうなずいた。

「奈良の正暦寺なんかより、いっそう古い。麹の完成が酒造りの完成です。日本醸造学会が、麹菌を国菌と定めた。まさにその通り。平安時代の京都の麹座は軒数も多く、最も技術が発達していたのです。権力も持ち、世の中を動かしていました。ただ、それが疎まれて、麹座は解散させられた。高度な技術も四散し、今では種麹屋はほんの数軒しか残っていません」

当時は顕微鏡もなく、麹菌という菌のことは誰一人として知らなかった。菌が生えて、白いもやもやのついた米麹を見ていただけだった。それにもかかわらず、カビ毒のない菌を、たった一株だけ選び出した。そして、それだけを培養して増やし、麹菌を広めたのだ。古の技術者は、想像を絶している。

「実は、この蔵……というより、我が一族は、その時代から酒造りを続けている家系なのです。玉麹もその時代の技術と伝わってます。今は失われてしまったと思われてますが、細々と伝承し続けてきました。元々京都で酒造りをしていた一族です。それが、室町末期、応仁の乱で都が荒れ果てたときに、京を離れました。あちこち流離った末に、この地で創業したと伝えられています」

四百年は人が生きるには長いが、酒の歴史と比べたらずっと短い。代々、口伝の一子相伝で、秘伝玉麹の技術は伝わってきた。いったい何人の口伝えで、残ってきたのだろうか。

秀造はその場の全員を見据え、腹の底から声を絞り出した。

「脈々と伝えられてきた貴重な酒造りの技を、田んぼごときのために渡すわけにはいきません」

部屋の中に、重い沈黙の帳が下りた。誰一人として、秀造に異議を唱えられる者はいない。

静寂を破ったのは、駆け込んで来た一人の警官だった。

勝木主任に走り寄り、耳元で何か報告をしている。

聞いた勝木主任の顔が、見る見る曇ったかと思うと、大声で吠えた。

「たいへんや、松原拓郎が、風の壱郷田に逃げ込みよった」

直美は椅子を蹴って、表へと走った。

七

世界一の田んぼを背にして、松原拓郎が立っていた。葉子の目の前で叫んでいる。

「田んぼを道連れに、俺も死ぬ！」

松原拓郎は背に農薬噴霧器を背負い、パイプの筒先を風の壱郷田に向けている。ビクビクして、落ち着きのない姿だ。目は血走り、口の端からは涎が漏れ落ちている。瞳はグルグルと動き回って、留まることがない。

葉子へかかってきた電話は、秀造からだった。松原拓郎が、風の壱郷田にいるという。パトロール中の警官に追われ、田んぼへ逃げ込んだのだ。

警告を無視して、葉子が風の壱郷田へと走り出すと、すぐに富井田課長の車が拾ってくれた。話を聞いて、向かうところだったらしい。

現場近くの農道に乗り捨てられた原付と、追跡して来たパトカーが停まっていた。後部座席に、警官がうつ伏せで寝ている。追って来た警官が農薬を浴びせられ、急性中毒を起こしていた。救急車のサイレンは、かなり大きくなっている。

あぜの上に、仁王立ちで松原拓郎がいた。田んぼを囲った芝生のスロープの上にいるので、農道からは彼を見上げる格好になる。

残りの警官たちは遠巻きに見るばかりで、全く手を出す気配がない。富井田課長によれば、応援が着くまで手を出すなと、釘を刺されているらしい。

「拓郎!」

富井田課長が声をかけたが、返事はない。

ハアハアと息を切らす松原拓郎は、時々宙を睨んであらぬ方へ噴霧器の筒先を振り回している。完全に前後不覚に陥っていた。

「幻覚見てんのか!?　すっかり錯乱しやがって」

富井田課長は呟き、グッと歯を食いしばった。

田んぼでは何も知らない山田錦たちが、気持ち良さそうに風にそよいでいる。秋の陽差しに時折、黄金色の穂が輝いた。

このままだと稲が、殺されてしまう。

「警官隊が来るまで、まだ五分以上かかります。でもあの様子では、それまで保たないでしょう」

富井田課長に葉子も同感だった。農薬をいつ噴霧し始めてもおかしくない。運悪く浴びる相手も、人か稲かわからない。

「僕が遠回りして奴の背後に回ります。ヨーコさんは、奴に話しかけて気を逸らしてください」

言い放つと、葉子の返事も聞かず、富井田課長はさっと退いた。大回りして、田んぼの裏側から近づくつもりらしい。丸い身体を弾ませるように走り出す。途中で一瞬立ち止まると、葉子に合図してくる。何でもいいから、話しかけろということか。

そのときに息を切らして、松原文子が自転車で現れた。農道からあぜに上がりかけて、叫ぶ。

「兄ちゃん、何してるの！　やめて」

妹の言葉には、聞く耳を持っていた。松原拓郎に少しだけ正気が戻る。

「うるさい。いつもいつも、俺に指図しやがって。もうお前の言うことなんて聞かねえ。俺のやりたいようにやる」

構えた筒先を文子に向けた。スイッチに指をかけている。文子が頭を抱えて、地べたに伏せた。

「何もかもどうでも良い。田んぼを道連れにして、俺も家族のところに行くんだ！」

思わず葉子は数歩前に出てしまった。

松原拓郎の目がこちらを見る。

ごくりと唾を飲んだ。

「およしなさい。そんなこと」

ふと昔マタギに聞いた、山で熊に出会ったときの話を思い出した。決して、背を見せてはいけない。目をしっかりと見据えること。

そして静かに、語りかけた。

「どうか、それをこちらに渡してちょうだい」

松原拓郎の目をじっと見つめた。相手もこちらを見ようとするが、焦点が合っていない。

視界の隅で富井田課長が死角を縫うように、進み続けている。

「馬鹿言え、渡せるわけねえだろ。てめえ何もんだ？　すっこんでやがれ」

わめきながら、片手で大きく筒先を振り回す。葉子は思わず一歩後ずさりした。

「近づけば、この忌々しい田んぼもろとも、こいつを被ることになるぞ。大吟醸だか何だか知らないが、酒なんか造れなくしてやる」

噴霧器の筒先を突きつけられ、パニックに陥りそうになった。だが、ここで逃げたら、田んぼは全滅だ。葉子は辛うじて踏み留まった。

「あなたのご家族が、不幸な目に遭ったのは聞いたわ。でも今のあなたは、家族を奪った人間と同じことをしようとしているのよ」

「なにぃっ！　俺があんな奴と一緒だと？　言うに事欠いて、なんてこと言いやがる。許せねえ」

松原拓郎の目が血走り、パチパチと忙(せわ)しなく瞬きをしている。

背を向けて、逃げ出したいのを懸命に堪え、葉子は松原拓郎に対峙した。

「あなたはその筒先を何に向けているか、わかってるの？」

「聞くまでもないだろう。米だよ、米。百万円の酒を造る原料なんだろ」

葉子は小さく、しかしキッパリと否定した。

「違うわ」

少し間をおいてはっきりと言う。

「赤ちゃんよ」

眉をひそめ、首を捻る松原拓郎。

「はぁっ？　なっ、なんだと？」

「お米は、何のために生まれて来ると思ってるの？」

混乱しているところに、葉子はたたみかけて問うた。

「決まってるだろ、人間が食うためだよ。朝昼晩のご飯だ」

葉子は、今度はわざとゆっくり大きく、首を横に振った。

松原拓郎の顔が訝しげに歪む。一瞬、身体の動きが止まった。その視線を捉えて、葉子は重ねて語りかけた。

「お米は種子よ。わたしたち人間に食べられるために、生まれて来るんじゃないわ。稲が自分たちの子孫を残し、生命をつないでいくためにお米を産むのよ。つまり、お米は稲の子供。稲はお米の母。母子なのよ」

「稲と米が母子だと!?」

「そう、母子よ。あなたは、母子殺しをしようとしてるのよ」

その言葉を聞いて、松原拓郎の顔が紅潮した。凶暴さを剝き出しにし、目をひん向いて怒り出した。

「母子殺しだと、よりによってこの俺が！　ふざけてんじゃねえぞ。てめえに、何がわかるって言うんだ。ぶっ殺してやる」

筒先を葉子に向け、わなわなと震えている。

「わからないのは、あなたの方よ。何度でも言うわ、稲と米を枯らすのは母子殺しよ」

松原拓郎が生唾を飲んだ。スイッチにかけた指に、力を入れようとしている。

恐怖が、葉子の背筋を駆け上がった。だが、こんな男に負けてはならない。懸命に堪えて、相手の目を睨み続けると、根負けして相手が目を逸らした。

音を消したパトカーが続々と到着するのが、葉子の視界の隅に入って来た。あえて少し離れて停まっている。

パトカーから、直美たちが静かに降りて来た。相手を刺激しないため、配慮している。

無言の対峙が続いたが、やがて松原拓郎のスイッチにかけた指が微かに緩んできた。

葉子はその機を逃さず、両手で風の壱郷田を指し示した。

「いい？　一粒の米がもし死ななくて、芽を出し稲に育てば千粒の米を産むわ。それは、自分の子孫を残すため。人が子を生して、育てるのと一緒よ」

「子孫が千倍に増える……」

松原拓郎が目を細め、ゆっくり頭を左右に振った。しかし、耳を貸さないわけではない。理解しようと努力はしている。

「お米も人間と一緒。だから、兄弟だってあるわ。穂の先に実るのは長男。次に生まれるのは次男、その次は三男。皆それぞれの個性がある。早く大きく育つ長男、兄さんに追いつきたい次男に、まだまだ青い三男」

「兄弟の話はやめろ。聞きたくない！」

そう言いながらも、田んぼの稲穂を見回している。稲の兄弟を探しているのかもしれない。

富井田課長は田んぼのあぜの陰に隠れながら、慎重に近づいていた。

しかし、いつの間にか葉子は当初の目的を忘れて、話し続けていた。語らずには、いられなくなっていた。

「そんな兄弟たちも、いつも全員が実るわけじゃない。豊作の年は皆が実る。けど、今年のように不作のときは、弟たちの分の栄養を長男に渡すの。それで、長男だけを実らせようとする。子孫を残すために、弟たちが犠牲になるのよ」

「馬鹿な。弟はそれで良いのか？　兄の犠牲になっても」

「兄弟だから。子孫を残すためだから。この田んぼには、一千万粒以上の命が宿っている。東京並みの人口よ。皆、必死に生きてるの。お酒になろうと思って、お米は生まれてくるんじゃない。酒を造って飲むのは、人間の勝手な都合に過ぎないわ」

ちょうどそのとき、風の壱郷田に、ひと際強く風が吹いた。渡って行く風に稲穂がそよぎ、思い思いの向きで陽の光を乱反射する。籾がキラキラと、金色に輝き出した。

その美しさには、松原拓郎も目を奪われている。

富井田課長は、身を隠せる限界まで近づいていた。だが、不意打ちをするには、まだ少し遠い。

松原拓郎は、葉子の話に耳を傾けるようになってきた。だが、まだ噴霧器を渡してはこないだろう。もう一つ、背中を押すものが必要だ。

葉子は心を決めた。風の壱郷田を救うには、田んぼの力を借りるしかない。こんなことに使いたくはなかったが、この田んぼのためなら許してもらえるだろう。

肌身離さず持ち歩いていたノンラベルのボトルを、高く掲げて松原拓郎に見せた。

「この田んぼのお米で醸した、世界一の純米大吟醸酒よ」

松原拓郎が、目を見開いた。

「百万円の酒？」

葉子は、酒を掲げたまま、ゆっくり数歩進んだ。松原拓郎の前の地面に、ボトルを立てる。

そして元の場所へ、後ずさりで戻った。

「飲んでごらんなさい。この田んぼに生まれた兄弟たちの真価がわかるわ」

松原拓郎が、激しくかぶりを振った。

「馬鹿言うな。俺を騙そうって言っても、そんな手には乗らねえぞ」

葉子は黙って、じっと松原拓郎を見つめた。

その目をしばらく見返していた松原拓郎が、やがてかすれた声で呟いた。

「本物、なんだな」

葉子は微かにうなずいた。

松原拓郎が、ゆっくりと前に進み出て来る。そして、ボトルの前に跪（ひざまず）くように屈んだ。拝むようにボトルを持つと、震える手で栓のカバーを外す。

そして、栓を引き抜くように開栓した。

一瞬の躊躇の後、ボトルに口をつけ、あおるように一口飲んだ。その瞬間、雷に打たれたかのように、松原拓郎の動きが止まった。ボトルを口につけたまま掲げ、微動だにしない。

やがて、一筋の涙が目からこぼれた。

「ふぅーっ」

いったん、ボトルを下ろして深呼吸した。そして、すぐにまたラッパ飲みし始めた。喉を鳴らして飲んでいる。

空になるまで、飲み続けた。

最後の一滴を干すと、巨木が倒れるようにゆっくりと背中から仰向けに倒れた。

ボトルを口から離し、両腕で顔を覆っている。

肩を震わせ始め、嗚咽が漏れ出してきた。やがて、声を殺して泣き始めると、そのまま静かに涙を流し続けた。仰向けのまま、もう起きては来なかった。

隠れていた富井田課長が、ゆっくりと立ち上がった。松原拓郎に歩み寄って行く。肩を叩き、差し出された噴霧器を受け取った。文子も兄に駆け寄り、肩を抱いている。

富井田課長が振り返り、親指を立ててみせた。

離れて様子を見ていた警官たちも、駆け寄って行く。

「ふぅっ」

安心すると、葉子の腰が抜けた。尻もちをつきかける。それを、後ろから支えてくれる手があった。

秀造だった。どうやら、葉子と松原拓郎のやりとりを、途中から聞いていたらしい。

「すごいよ！　ヨーコさん」

「えっ？」

秀造の顔を仰ぎ見た。なんとか自分の力だけで立ち上がる。

「お米は稲の赤ちゃんか。ヨーコさんに言われるまで、考えたこともなかった。自分にとって、米は酒の原料としてしか見てなかった。でも、赤ちゃんなんですよね。稲にとっては」

伝えたかったことを、伝えることができたらしい。葉子は安堵して大きくうなずいた。

「米が赤ちゃんなら、田んぼは、赤ちゃんを育てる揺りかごでしょうか。田んぼを守るために、惜しむことは何もないな」

秀造は風の壱郷田を、愛おしそうに眺め回した。目が輝いている。

「玉麹の作り方にしても」

秀造が肩の荷を下ろしたように、微笑んだ。

「風の壱郷田に毒は撒かせません」

「秀造さん、ありがとうございます」

何のことかピンとこなかったが、葉子は秀造の手を握りしめた。

直美も葉子のもとへと、歩み寄って来た。

「お米は稲の赤ちゃんか。言われてみればその通りだけど、よく思いつくな」

直美に褒められたのは、初めてかもしれない。

「秋田の夏田冬蔵さんという方に、教わったんです。夏は田んぼで米作り。冬は酒蔵で酒造りをされてた方です。わたしの知る限りで、誰よりも酒造りの米に詳しく、稲を心から愛している人です」

「その人に会ってみたいな」

直美の目がスッと細くなり微笑んだ。

そのとき、サイレンが鳴り響いた。松原拓郎を乗せたパトカーが、走り出して行く。

「あの人が、犯人だったんですか？」

直美の表情が硬くなった。

細い首が左右に振られると、美しい黒髪が風に舞った。

「最後の要求状がさっき届いた。玉麴の作り方を、広告に載せろという内容だ。あの男ではないな。犯人は、酒造りをする奴だ」

「じゃあ、いったい誰が？」

三人は無言で立ちすくんだ。

古代から吹き続けている風が凪いだ。

八

月曜の朝に葉子が兵庫新聞の朝刊を開くと、烏丸酒造の全面広告が掲載されていた。

日本酒全体を応援する広告で、全国の酒銘ラベルがすべて勢揃いしている。北は北海道から南は九州まで、日本地図をバックに全銘柄のラベルが一堂に並ぶのは、壮観だった。

全国の日本酒銘柄を、応援する内容なのだ。

「すべての日本酒に愛を！」とコピーがついている。自社だけでなく、日本酒業界全体を底上げしようという、壮大な広告だ。

そして、広告の隅にさりげなくQRコードが、一つ印刷されていた。

葉子が試しにスマートフォンでコードを読み取ってみると、意味をなさないカタカナの文字列が現れた。この暗号文字列とパスワードから、玉麴の作り方がわかるのだ。

古代から伝わる口伝は、それ自体が暗号のように聞こえるだろう。

葉子は暗号を解読して、その言葉を聞いてみたいと思った。

携帯電話の着信音に、我に返ると相手は民子だった。

「広告を見たかい？」

「はい、今ちょうど、見てるとこです」

「うちもさ。いい広告じゃないか。日本中の酒蔵を応援するなんて。秀造さんは大したもんだ」

「本当にそう思います。せっかく広告を出すなら、こういうのがいいですよね。皆の役に立ちます」

葉子は一瞬口ごもった。

「でも、やっぱり悔しいです」

声が、かすれていた。

「やられちまったからね」

「すっごい悔しいです。まんまとしてやられて、犯人はわからずじまい。玉麹の技術が盗まれちゃう」

「そうだろ、そうだろ。やられっぱなしじゃ、悔しいよねえ」

こんなときなのに、なぜか民子の口調はどこか楽しげだ。

民子が、ひと呼吸おいて続けた。

「だからね、ヨーコさん。今度はこっちの番だよ」

「何の番ですか？」

「決まってるだろ。やり返す番さ」

葉子の心のどこかが、刺激された。

「やり返すって、犯人に？」

自分の声にハリが出ている。

「そうさ。玉麹を取り戻すんだよ」

葉子の電話を握る手に力が入った。

「玉麹を取り戻すって、そんなことができるんですか？」

「もちろんだよ！　このままじゃ終わらせない」

「もちろんって、おかあさん。まさか犯人の目星がついてるんですか？」

「まあね。直美さんからもいろいろ聞いてね。ようやくわかった」

「すごい！」

「昔の探偵小説なら、ここで〝読者への挑戦〟てのが、入るところさ」

「何ですか、それは？」

「若い人は知らないだろうねえ。一世紀近く前に流行ったんだよ。すべての手がかりが揃ったから、犯人を当ててみろってね」

目を丸くする葉子の耳に、電話の向こうから、ふふふっと笑う声が返ってきた。

その声を聞くうちになぜか葉子の顔も緩んできた。

ふふふっと電話のこちら側でも笑ってみた。

九

烏丸酒造の全面広告が掲載された一週間後、兵庫新聞に新たな広告が大きく掲載された。

「烏丸酒造へ。玉麴の口伝は、偽物だった。試してみたが、玉麴は作れない。約束を破った以上、覚悟はできているな。風の壱郷田はもうおしまいだ」

そして「あまこうじの、てんたかく……」と、玉麴作りの口伝全文が、平文で記されている。

新聞を見た直美は、勝木主任と共に、烏丸酒造へ向かった。

蔵の中はざわついている。蔵人たちが動揺しているのが、手に取るようにわかった。誰も状況がわかっていないらしい。蔵人たちは社長に直接尋ねられず、右往左往している。

間もなく、富井田課長の車が走り込んで来た。富井田課長は一つの躊躇もなく、屋敷へと走り込んだ。秀造を呼び出して、問い質している。

秀造の表情はこの上なく暗い。

「烏丸さん、この広告はなんなんですか？　いったい誰が？　何のために？」

「犯人以外に、誰がこんなもん出すんです？」

一瞬、富井田課長は口ごもった。だが、すぐに言い重ねてきた。

「そんなこと言ってんじゃありません。ここに書いてあることは、本当なんですか？　ＱＲコードは嘘で、玉麹は作れないんですか？」

富井田の表情は、恐ろしく真剣だ。相当に心配しているらしい。

「仕方なかったんだ、これしか方法はなかった」

秀造が目を逸らし、俯（うつむ）いた。

「この口伝では、玉麹を作るのは無理だな」

太く低い声に振り向くと、速水杜氏が立っていた。今朝の新聞を持っている。

「麹作りを極めた者なら、それはすぐにわかる。玉麹作りの重要なところが、すっぽり抜けているからな」

「嘘だったなんて！」

秀造は無言だが、その表情は雄弁に肯定している。

富井田課長が蒼ざめた。

「でも無茶でしょう。嘘を教えたら、田んぼが無事に済むはずないじゃないですか。やばいじゃないですか、それは」

富井田課長の声は悲鳴に近い。

「やばくてもなんでも。仕方なかったんだ」

秀造が、壊れたレコードのように繰り返す。

ここで勝木主任が、話に割って入った。

「事情はようわかりませんけど、状況はわかりました。玉麹の技術が偽物とわかったら、犯人は間違いなく風の壱郷田を狙ってきますわ。当面は警備のために警官を配置せなあきませんから、了承ください」

「よろしくお願いいたします。こんなことになってしまい、本当に申しわけない」

ふらふらと頭を下げると、秀造は屋敷の奥へと歩み去って行った。

その後を見送って、速水杜氏も蔵へと去った。

富井田課長は蒼白な顔で震えている。

「大丈夫、大丈夫。田んぼは、我々が守ってみせるから、安心しとってや」

勝木主任はポンと富井田課長の肩を叩くと、部下に風の壱郷田周辺を監視するように指示を出した。

播磨署に戻ってから、直美は勝木主任に尋ねた。

「どう思った？」

「なんとも、言えまへんなあ。容疑者の車には、ＧＰＳがつけてあります。今のところ、特に不審な動きはありませんな」

「あの人の予想だと、動きがあるとすれば、四、五日経ってからだ。それまでは待ちかな」

「その予想が当たりますかねえ」

直美が、ぴょこんと肩をすくめて見せると、勝木主任が目を丸くした。

容疑者に動きがあったのは、民子の予想通り五日後の夜だった。

直美と勝木主任も、その日の張り込みに出ていた。どうせなら、自分たちの手で、犯人を捕まえたい。

予想は当たり、容疑者の車が動き出したと報告が入った。

容疑者は直美たちが乗って隠れている車に向かって、つまり風の壱郷田に向かって走って来ている。

もちろん、田んぼの近くまでは来ないだろう。警官が警護しているからだ。警護を避けるため、一キロ以内には近づかないはずである。

離れたところからドローンを飛ばして、毒を撒くだろうと、民子は予想していた。

どこが適地かを検討し、第一候補地で網を張った。

容疑者の車は、着々とこちらに向かって走行中だと、報告が入り続ける。

やがて、遠くから近づいて来るヘッドライトが、視界に入った。

見晴らしのいい、少しだけ小高い丘の上からは、近づいて来る車があればすぐにわかる。

慎重な運転だ。直美たちの隠れている前を通り過ぎると、徐々に速度を落とし静かに停まった。

少しの間、何も起こらなかった。やがて運転席から、人影が降りて辺りを見回す。

確認して安心したらしく、車から荷物を取り出す。ドローンだろう。

人影がドローンを地面に置き、離陸させたのを確認して、パトカーがライトを点けて動き出した。反対側からも、覆面パトカーが動き出している。

ヘッドライトに白いハイブリッド車が照らし出される。

容疑者の目の前に、車を急停車した。飛び降りた勝木主任が、意表を突かれて動けないでいる人影に駆け寄る。

民子の言葉通り、その男は富井田哲夫だった。

十

民子の店は、その夜も満員御礼だった。

ホールのように天井が高く、席が詰め合っているのに、不思議と圧迫感はない。詰め合った五十席すべてが、きっちりと埋まっていた。空いている席はない。

胸高のカウンターの向こう側に、厨房があり、客席との境に『春夏冬　二升五合』と染め抜いた暖簾(のれん)が掛かっている。

葉子と直美、秀造と桜井会長の四人で、一つのテーブルを囲んでいた。

定番のひたし豆、大ぶりの鰯を丸ごと炊く鰯の梅煮、いかの鉄砲焼、エシャロット味噌、厚揚げの甘辛煮、酒粕料理のしもつかれなど。民子が手作りした晩酌のつまみが、卓上に並んでいる。各人が天狼星や獺祭など、思い思いの酒を手にしていた。

壁面の幅全部を使っているのが、ガラス張りの冷蔵ケースだ。日本酒がギッシリと詰まっていて、注文に応じて酒が引き出されて来る。

冷蔵庫の最前列に並ぶのが、今最も売れている酒だ。それを見るためだけに、定期的に通って来る酒屋もいるくらいである。

うまいつまみに、美味しい酒。飲み手が盛り上がると、場の雰囲気は、地響きならぬ床響きのようだ。やがて鍋が振る舞われ、締めの雑炊で満腹にさせる。

夜も更けてくると、客たちは、一組、また一組と、潮が引くように引き上げて行った。

最後に店に残ったのは、葉子たち四人だった。

ている。

「酒も料理も、全部美味しかった。素晴らしい」

直美がにやりと笑った。

「直美さんはお酒すごい強いね。顔色一つ変えていない。あんなに飲んだのに、素面みたいだ。大したもんだね」

卓上を片付ける手を止め、民子が唸った。数多くの酔客を見てきたはずだが、心底感心している。

「いつ来ても、大満足です。この店には毎日でも来たいなあ」

桜井会長は、今日もご機嫌である。

「噂通り、いやそれ以上だ。もっと早くに、来たかったなあ」

秀造が惜しがっている。

「また、いつでも来ておくれ。待ってるよ」

民子が、厨房の奥から大声で答えた。

空いた器が片付けられ、各人一杯ずつの酒だけが残った。

「そしたら、おかあさん。種明かしをお願いできますか?」

葉子が、厨房の入り口まで行き、民子に声をかけた。

「あいよー、今行くからね。ちょっと待っておくれよ」

民子は厨房から出てくると、よたよたと椅子に腰かけた。

「ふぃーっ、よっこいしょういち」

皆の顔をゆっくりと見回す。喜色満面、余裕の笑顔だ。

「で、何から聞きたい？」

葉子は膝を乗り出した。犯人の名を聞いてもいまだに信じられない。

「本当に、トミータさんだったんですか？」

直美が、民子と目配せしてからうなずいた。

「今朝、一連の事件の犯人として、富井田哲夫が逮捕された。罪名は多田康一杜氏の殺害および、烏丸酒造に対する脅迫、器物破損。これは、田んぼのことだな」

葉子は目をつぶり、黙ってくちびるを噛んだ。

富井田課長は命の恩人である。また、いろいろと親切にもしてくれた。犯人だなどと、信じられない。

「本人は完全に黙秘してるが、物証があるので逃れられないだろう」

「ヨーコさん、ホントのことなんだよ。一連の事件は富井田課長が犯人で、間違いない」

秀造も眉間に皺を寄せている。

「信じられないのはわたしも一緒です。富井田課長が兵庫に赴任して来てから、ずっと知ってますけど、そんな悪いことができる人とは思えません」

話の理不尽さに目くじらを立てて、葉子も民子に食ってかかった。

「そもそも玉麹の作り方なんて知っても、トミータさんには、何の役にも立たないじゃないですか？」

「玉麹の作り方なんて、どうでも良かったんだよ。それを知りたくて、やったわけじゃないんだ」

民子は嬉しそうに笑いながら言った。

「それだけじゃない。風の壱郷田だって、興味なんかなかったのさ」

葉子は混乱した。この人は何を言ってるのか？　ついにボケてしまったんだろうか？

「それなら、なぜあんな脅迫沙汰を？」

それまで黙って聞いていた桜井会長が口を開いた。

民子と直美は上機嫌だ。皆が狐につままれているのを見るのが、楽しくてしょうがないらしい。

「白椿香媛の田に、農薬を撒きたかったのさ。撒くこと自体が、犯人の目的だったんだよ」

「農薬を撒くことが目的？　いったいどういうことです」

葉子の頭は、ますます混乱してきた。

「あんな雑草だらけの田んぼに、今さら農薬を撒いてもしょうがないでしょう？」

桜井会長の失言に、思わず葉子は食ってかかった。

「ちょっと、そういう言い方は、失礼じゃないですか？」

秀造も同感のようだ。桜井会長が頭を掻いている。

「まあ、ヨーコさん。黙ってお聞きよ。白椿香媛の田に毒が撒かれて、何が起こった？」

「何って、稲が枯れました。あと、雑草も」

「まだあるだろ。毒を撒かれて、半年分の苦労が無駄になったじゃないか」

「あっ、有機認証が取れなくなりました」

民子がにやりと笑ってうなずいた。

「その通り。あの田んぼは農薬が撒かれて、有機認証が取れなくなったろ。結果として、オーガペックが来ないことになった。それが本当の目的さ。オーガペックがあの田んぼに来ないように、農薬を撒いたんだよ」

「いったい、何のために？」

「こいつのためさ」

民子が手品のように、一本の稲を取り出した。

大ぶりで籾には芒（のぎ）がある。よく見ると、籾の内側に紫色がついていた。

「脱法ライスのディープパープルさ。あの田んぼの隣で、富井田課長は脱法ライスを育てていたんだ。オーガペックが調査に来たら、それがバレちまう。奴らは、隣の田んぼにまでズケズケ入って、調べるからね」

葉子は毒が撒かれているのを発見した朝のことを思い出した。

人影を追って、踏み入った隣の田んぼで、袖口に引っかかった、ラベンダー色の籾。

「あっ、わたしが採って来ちゃった、稲穂のことね！」

「その通りだよ。隣の田んぼに生えてたって言ってたろ。あれがディープパープルだったのさ」

「すごい！　おかあさんは見てすぐにわかったの？」

「最初は珍しい稲だなって思っただけだよ。ただ、後でちょっと気になってね。もしかしてと思うようになった。ちょうどいいことに、この人が担当だってんで、調べてもらったんだよ」

民子が顔を向けると、間髪容れずに直美が答えた。

「ビンゴだった」

「あの隣の田んぼで、脱法ライスが栽培されてたなんて」

葉子はそこでまた、考えたくないことを思い出した。

「白椿香媛の田の隣って、確か農業女子の松原文子さんの田んぼだったんじゃ」

民子の目が、キラリと光った。

「その通り。あの子が、ディープパープルを育ててたんだよ。正々堂々と、でもこっそりとね」

「どうして？　あんなにいい子なのに」

葉子はショックの連続に、両手で顔を覆った。

「富井田課長はね、妹の治療のために、大金が必要だったんだよ。そして文子は富井田課長と恋仲なんだ。それで協力したんだね」

「ええっ？　恋人だったんですか」

「ロードサイドのアイスクリーム屋でダブルのアイスを食べたとき、富井田課長は文子に、舐めかけのアイスを渡してたろ」

二人の関係を聞いて、葉子はさらにショックを受けた。

「それにしても、大胆不敵な育て方で、誰にも気づかれてなかった。若いのに、大した子だよ」

黙って聞いていた秀造が、静かにうなずいた。

「後継者の少ないあの辺りでは、珍しく頼りになる女の子でした。かなり有能でしたね」

「ただね、ヨーコさん。オーガペックの査察は別だ。奴らは対象田だけでなく、周囲の田んぼも、立ち入り検査するからね。白椿香媛の田の監査に来たら、文子の田んぼにも立ち入り、ディープパープルを植えてるのがバレちまう。鵜(う)の目鷹の目で、アラ探しをする奴らが見逃すはずはない」

　冷んやりしたすきま風が、スッと吹き抜けた。

もう深夜に近い。店の外も内も、静まり返っている。皆は民子の話に聞き入った。話の切れ目では、針が落ちる音も聞こえそうなくらいだ。

「すべては、白椿香媛の田に鍵があったんだよ。いいかい、多田杜氏が亡くなる直前に見に行ったのも、実際に毒を撒かれたのも白椿香媛の田さ。春先に水を抜かれるいたずらをされたり、その後も雑草が生えるように細工されたのもそうだ。風の壱郷田も、玉麴も、カモフラージュに使われていただけなんだ。本当の目的は、白椿香媛の田だったのさ」

「今年の春先に、三年計画で白椿香媛の田の有機認証取るって言ったら、富井田課長にメチャクチャ反対されました。なんで、そこまで指図されるのか、むかつくくらい」

　秀造はそのときのことを思い出したらしい。口をへの字に曲げた。

「早植えのディープパープルを植えた後だったんだろう。山田錦の田植えは、遅いからね。秀造さんが、オーガペックに頼むのはわかっているから、奴も必死だったんだ。有機認証を取るのをやめさせないと、バレちまうのは時間の問題だった」

「もしかして、風の壱郷田の看板を盗んだのも？」

「鋭いね。たぶん文子だろう。犯人が間違えて、白椿香媛の田に毒を撒いたと思わせるためにね」

「松原拓郎が盗んだとばかり思ってた。そうじゃなかったのか」

盗まれた看板は、松原家の物置から発見されている。兄の仕業と思われていたが、そうではなく妹の文子が隠していたのだ。

「多田杜氏も、脱法ライスのために殺されたんですか？」

苦い顔をした秀造の問いに、民子はうなずいた。

「富井田課長は、田植え直後に白椿香媛の田の水を切りに行った。雑草がたくさん生えて、除草剤を撒かなきゃならなくなるように。秀造さんが有機認証を諦めれば、オーガペックが来ることもない」

「えっ!?　それで雑草があんなに生えていたのか。ひどい奴だなあ。あの田んぼだけ、妙に雑草多いから、ずっと不思議だったんですよ」

秀造は一人で納得している。

「ところが、そこを多田杜氏に見つかってしまった。詰問されて二人はもみ合いになり、誤って杜氏を気絶させてしまったんだろう」

「ひどいですっ！」

憤慨する葉子をまあまあとなだめ、民子は話を続けた。

「あの日は、蔵人全員で宴会に行くことになってたろ。富井田課長は、当然誰も来ないと思って安心して、水門を開けてたんだろうね。ところが、多田杜氏に不意を突かれた。水を抜いてるとこを見られちまったのさ。それで、気絶までさせたら、もう言い逃れはできない。仕方がなく、意識を失った杜氏を動けないように縛り上げ、乗って来た車の後部座席の足元に転がした。そのとき、座席下にビニールシートを敷いて、目張りをしたんだろう」

葉子は首を捻った。

「車の中になぜビニールシートを？」

「炭酸ガスが漏れないようにさ。その足で、ロードサイドのアイスクリーム店に寄って、ドライアイスを買った。玄米を冷温貯蔵するのに、ドライアイスを使うんだよ。それで富井田課長は、普段からあの店に寄ってたんだ」

「わたしが退院した朝に連れてってもらった店ですね」

「ドライアイスを手に入れた富井田課長は、宴会の店まで行くと、駐車場の隅に車を置いた。そして杜氏のまわりに、ドライアイスを置いたのさ。早く気化するように、小さく砕いてね。時間が経つにつれて、車内に炭酸ガスが充満した。空気より重いから、ビニールシートと目張りで車外には漏れない。やがて、意識を失った杜氏は、窒息死したんだよ」

「なんてこった！」

秀造が大きく嘆息をついた。

「皆が楽しく飲んでた店のすぐ横で、杜氏が殺されてたなんてひど過ぎる」

民子は淡々とした口調で、話を続けている。

「宴会の途中で、富井田課長は杜氏の死を確認したはずさ。その後、車の窓を開けて換気する。そして宴会が終わった後に何食わぬ顔でいったん帰り、深夜改めて蔵に乗りつけた。杜氏の亡骸（なきがら）を、もろみタンクに放り込むためにね」

「それじゃ腹を壊したって、酒を飲まなかったのも」

「仮病だよ。酒飲んで、運転代行を頼むわけにはいかないからね」

秀造が再び大きく嘆息をついた。

葉子にはそのときの情景が目に浮かぶようだった。

真っ暗い夜、人気（ひとけ）のない酒蔵前の広場に乗りつけた車。運転席から降りた犯人が、後部座席から杜氏を下ろし、近くにある台車に乗せる。それを押して蔵へと向かい、台車ごと仕込み蔵へと入って行った。一番奥にあるタンクを目指し、足場に死体を持ち上げてから、タンクの中へと杜氏を投げ落とした。

葉子はギュッと目をつぶり、両手で肩を抱くと身を震わせた。

「炭酸ガスによる窒息死だから、どこで死んでも死因は一緒さ。車内だろうが、もろみタンクだろうがね。区別はつかない。犯人の目論見通り、杜氏はタンクに落ちて窒息死したことになった」

「でも、ひと一人担いでタンクに投げ込むのは、無理じゃないですか？　あんなに高いタンクじゃ」

「そう、ヨーコさんの言う通りさ。たぶん、二人でやったんだろう。文子と二人でね」

「ああ、そこでも文子さんが、手伝ったんですね」

直美が、説明の続きを引き取った。

「捜査令状を取って、鑑識に富井田課長の車を調べてもらったら、証拠が出た」

シートやマットから、毛髪や皮膚片らしいものが見つかり、ＤＮＡ鑑定で、多田杜氏のものと同定されたらしい。

「もちろん、犯行の後に車内清掃はしただろうが、そんな簡単にひと一人の痕跡を消すのは難しい。鑑識の目を誤魔化せるはずはない」

「わたしたちが、乗せてもらったあの車に？」

「そういうことさ。ちょっとショックだね。あの車の中で、杜氏が殺されてたなんて」

民子が、事もなげに言う。

「うっ、うーん」

葉子は眩暈がして、倒れそうになるのを咄嗟に堪えた。

「でもなんで、わかったんですか？」

葉子の質問に、民子がにやりと笑った。鋭い目が、輝いている。

「富井田課長の最初に言った一言からだね」

「いつですか？」

「毒が撒かれて富井田課長が田んぼに駆け付けて来た朝さ。奴は、真っ直ぐここに来たって、言ったそうじゃないか。最初に話を聞いたときは、特に何も思わなかったけど、後であの田んぼが風の壱郷田じゃないって聞いて、おやって思ってね」

秀造も思い出したらしく、大きくうなずいた。

「言われるまで、気づかなかったけど、そんなこと言ってましたね。確かに、風の壱郷田に毒が撒かれたって聞いて、白椿香媛の田に真っ直ぐ行くなんてありえない」

「その通り。普通なら、風の壱郷田に行ってから悩むところさ」

「なるほどですねぇ」

葉子は口をぽかんと開けた。民子の論理の鮮やかさは、ついていくのが少ししんどい。

「それから、もう一つ根拠がある。オーガペックがやって来た直後、富井田課長は、明日も風の壱郷田で、絶対一悶着起こすって、言ってたのを覚えているかい？」

「そんなこと、言ってましたっけ」

「まだ、あたしたちが毒を撒かれたのは、風の壱郷田だと思ってたときにね」

「えっ？」

「オーガペックが、風の壱郷田の監査に行くと知っていた。つまり、毒を撒かれたのは、別の田んぼだと、認識してたわけだ」

「なるほどですねぇ」

葉子は一つ覚えのように、繰り返した。

「加えてこの」

民子は、ディープパープルの稲を、掲げてみせた。

「文子の田んぼが、来週刈り入れだと、ちゃんと知っていた。品種は何かって聞いたら、上手に話を逸らされちゃったけどね」

それなら葉子も覚えていた。粒が大きいけど酒米ではないと、富井田課長は言っていた。

「多田杜氏が殺害当夜、白椿香媛の田に行っていたとすると、現場はその近くのはずだ。屋外では、ドライアイスを使って窒息させるのは難しい。だとすると、犯人は密閉空間、つまり乗用車に乗っていた者になる。あの日、自分の運転で、宴会に行った富井田課長には、杜氏を殺害する機会があったのさ」

一同揃って、大きな吐息をついた。民子の推理には、感心するしかない。

「富井田課長が犯人だと考えると、いろんなことの辻褄が合う。ドライアイスが使われたとわかって、直美さんにアイスクリーム店を調べてもらったんだ」

「ドライアイスは、販売店に記録が残る。杜氏が死んだ日に、大量に売った記録が店に残っていた。バイトに確認したところ、その日に買って行ったのは、富井田課長だと思い出した」

「そこで、奴を炙り出すために、罠をしかけたのさ」

「二回目の新聞広告ですね？」

葉子の言葉に、民子がにっこり笑った。

「秀造さんに、兵庫新聞に相談してもらったんだよ」

「でも広告を出すのって、高かったんじゃないですか？」

葉子の問いに、秀造が渋い顔でうなずいた。

「まあ、事情が事情なのと、二本目の広告なので、安くはしてくれましたけど」

田んぼを守るためなら、止むを得ない出費だったと苦笑いしている。

それまで聞き役に徹していた桜井会長は、別のことが気になって仕方ないらしい。

「最初に新聞に載った玉麹の暗号、あれは偽物だったんですか？」

民子がグラスに手を伸ばした。天狼星の純米大吟醸で、満たしてある。

「いや、掛け値なしの本物さ。最初に広告を出したときは、そこまで考えてなかったからね」

「そうだとしても、二回目の広告で全文を載せる必要は、なかったんじゃ？」

民子がちっちっと、人差し指を振った。

「リスクを冒したから、疑り深い富井田課長を騙せたんだよ。暗号化されたのは偽の口伝で何の価値もないと、信じさせることができた」

「奥が深いねえ」

桜井会長が感嘆して唸った。

「玉麹の作り方が、本物かどうか。富井田課長には、判断がつかなかったんだよ。麹を作ったことなんてないからね。そもそも、どうでも良かったんだ。玉麹を作る気なんてなかったし。そしたら、偽物だって広告に出て、パニックになってしまった。後から広告に載った口伝と、暗号解読した文面を比べたら全く一緒だから、信じざるを得ない。どこかで情報が漏れたと思ったんだろう。それで、慌てて蔵へ行って、秀造さんを問い詰めると偽物だと言う。

速水杜氏まで一緒になって、重要なところが抜けていると言われたら、奴はにっちもさっちもいかなくなった」

直美がグラスを片手に補足する。

「富井田課長のシナリオだと、玉麹を作りたい犯人が田んぼを人質ならぬ稲質にして、作り方を手に入れたところで万歳ってことだった。新聞広告さえ出れば、後は野となれ、山となれだ」

「そこへ、二回目の広告さ。犯人が偽物の口伝を摑まされ、田んぼに毒を撒くぞと言ってるのに、何も起きなかったら、あの脅迫は何だったのかということになる。せっかく風の壱田に向いてる目が、白椿香媛の田に向かないとも限らない。それで、四、五日様子を見てから、止むに止まれず、自分で毒を撒きに行くことにしたのさ。まさか、疑われてるとは思わないから、離れた場所からドローンを飛ばす分には、足はつかないと思ったんだろうよ」

「それで待ち構えてた罠の中に」

「自ら、飛び込んじまったってわけさ」

皆がふぅーっと、大きなため息をついた。

「トミータさん、わたしを助けてくれた恩人なのに」

葉子は、悪人に助けられたとわかり、ちょっぴり寂しくなった。

「奴は、脱法ライスの管理官だった。売人の五平餅屋を監視しに行ったときにたぶん」

と、直美は葉子を見て、目でうなずいた。

「何やら様子がおかしいのに気づいて、後を尾けたんだろう。それで、川に落ちるのを見て助けた。関係者から死者が出たら、面倒だから」

「五平餅屋を殺したのも、富井田課長だろうね。あの夜は洋服が乾くのを待てずに、濡れたまま病院から消えている。病室で、ヨーコさんの目撃談を聞いて、慌てて口を封じに行ったに違いない」

民子はまるで見てきたかのように、解説を続けた。

「松原拓郎から、風の壱郷田を守ろうとしてくれたのは？」

秀造の問いに、直美が険しい顔で答えた。

「奴の都合だろう。松原拓郎が暴走し始めたのは誤算だった。そこで暴走を止めて、口止めするために身体を張ったんだ」

「トミータさんが、直美さんの捜してた育種家なんですか？」

直美がかぶりを振った。

「その下で働く管理官だった。農家に米を作らせたり、それを闇ルートで捌いたりする役だ。組織の上部の人間だが、新たな種子を品種改良で作る育種家ではない。これから尋問するが、育種家に関するまとまった情報は、持ってないだろうな」

「まあ、とりあえずはめでたし、めでたしさ。犯人は捕まったし、脱法ライスの田んぼもいくつかは、押さえられたしね」

民子の呑気な笑いに、直美が苦笑した。

「もぐら叩きみたいだがな」

葉子は話の途中から気になっていることがあった。

「犯人捕まって良かったけど、玉麹の口伝が、皆に知られちゃいましたね。誰でも、玉麹を作れちゃう」

秀造の顔を見ると、顔色が優れない。難しそうな表情をしている。

だが、民子は呑気な笑顔だ。

「それは、どうかね」

「えっ？」

「新聞に大きく、これじゃ作れない、偽レシピだって出てるんだよ。あの口伝が、本物だって思う人はいないさ。大事な物を隠すときには、目立つところにってね。試すにもかなりの手間と時間のかかることだし、玉麹が作れるかやってみる奴なんていないさ」

民子は、にやりと笑って付け足した。

「もっとも桜井会長は、別だけどね」

皆の視線が集まる中、桜井会長がにっこりと笑った。

「もちろん、うちで玉麴は作りません。こんな犯罪がらみで、強要されて表に出た技術を使うほど、困ってはいませんから。それより、玉麴の上を行く麴を作り出してみせますよ」

「さすが、桜井会長。あんたなら、きっとそう言うだろうと思ってたよ」

「うちだって負けませんよ。いつまでも古い技術に追いつけないようでは、この業界に未来はない。技術は進歩させてこそ、なんぼのもんです」

秀造も意気揚々と気炎を上げた。

「速水杜氏には、しばらくうちにいてもらうことにしました。一緒に研究して、もっとすごい麴を作ります」

醸造家同士が目を合わせた瞬間、火花が散った。

「まあまあ、角突き合わせるのは、酒造りのときだけにしてください。種明かしが、終わったなら、改めて飲み直しませんか？」

葉子の言葉に、皆が笑顔を見せる中、直美だけが一人、難しい顔をしている。

「ちょっと待って、まだ一つだけ、わからないことがある」

直美が、厨房に掛かっている暖簾を指差した。

「春夏冬、二升五合。あれは、どういう意味？」

一瞬の沈黙の後、民子が大声を上げて笑い出した。

そして、葉子に視線を送ってくる。その説明が十八番（おはこ）なのを、よく知っているのだ。

葉子は、胸を張って答えた。

「あれはですね。秋がないので『あきない』。二升は、升が二つで『ますます』。五合は、一升の半分なので『はんしょう』です。続けて読むと？」

「なるほど、商い、益々繁盛か！」

打てば響くように直美が笑った。皆もつられて笑い出し、またひとしきり座が盛り上がる。

一段落した後に直美が、ふっと軽く笑った。

「ようやく、これで本当の大団円だな」

ところが今度は、民子が大きくかぶりを振った。

「いや、あたしにもまだ一つ、心残りがあるよ」

皆の怪訝そうな顔を見回し、民子は渋い顔で続けた。

「百万円の純米大吟醸酒さ。事件が、解決したら飲めるはずだったのに、松原拓郎に横から攫（さら）われちまった」

「あっ、忘れてた！」

秀造が大声を発すると、いきなり立ち上がった。

慌てて自分の荷物を探り、一本のボトルを取り出してくる。

その酒には、『天狼星純米大吟醸酒 風の壱郷田』と、ラベルが貼られていた。

「快刀乱麻を断つ推理に聞き惚れちゃって、うっかりしてました。ヨーコさんに持って来たんです」

秀造がボトルを葉子へと差し出して来た。

「田んぼを守るため、松原拓郎に飲ませた分は、お返ししないと」

「やったーっ！」

葉子は、嬉しさに思わず、万歳してしまった。心の底では、もったいないことをしたと、後悔していたのだ。

しかし直美は、少し戸惑っている。

「ちょっと待った。酔って飲むのは、この酒に失礼ではないかな」

民子が、直美を小突いて笑った。

「何を言ってるんだい。あんたはいくら飲んでも、ちっとも酔わないくせに。それに、あたしは、まだほとんど素面だよ」

「同感です。僕も、素面みたいなもんですし」

赤ら顔をした桜井会長も、破顔している。

秀造が大きくうなずいた。

「大丈夫です。どんなに酔ってても、この酒のすごさはわかりますから」

直美も本当は飲みたかったらしい。照れくさそうに微笑んだ。

「と、いうわけだ。ヨーコさん、頼んだよ」

民子に肩を叩かれ、葉子は背筋を伸ばし、偉大なボトルを掲げてみせた。

ごくりと唾を飲み、期待に満ちた笑顔を見回す。

「それでは、田んぼ脅迫事件の解決を祝って！」

その瞬間、風にそよぎ、美しく輝く田んぼの稲穂が思い浮かんだ。風の壱郷田と白椿香媛の田から生まれる米は、将来どんなお酒になるのだろうか。

わくわくする気持ちが、抑えきれなくなってきた。

葉子は百万円の大吟醸酒の栓を、勢い良く音を立てて、抜いた。

〈参考文献〉

『ゼロから分かる！　図解日本酒入門』山本洋子著　世界文化社
『新版　厳選日本酒手帖』山本洋子著　世界文化社
『純米酒ＢＯＯＫ』山本洋子著　グラフ社
『日本の酒』坂口謹一郎著　岩波書店
『夏田冬蔵』森谷康市著　無明舎出版

解説――大吟醸ミステリの至福

野崎六助

一国の文化的豊かさは、何をもって表わされるか？　この本を手にとったあなたは、もうその正解を眼前にしている。

稲穂はためく麗しの国には、長いながい歴史を持った日本酒の伝統あり。私見によれば、西を代表する仏蘭西産ワインにたいして、東を代表するのが日本酒である。その他、アルコール度数の強い蒸留酒には、各国それぞれのラインアップがあるけれど、ストレートで飲るには体力が必要だ。

とにかく、まあ、酒文化の尺度がミステリによっても測られるとすれば――。日本酒の似合うミステリを待ち望むファンが少なくないことは、当然ではなかろうか。

ならない。

大吟醸とは、日本酒製造の精髄であり、至高の頂点である。——と、そういったことは、本作のなかで繰り返し語られているので、解説文が屋上屋を架すような野暮は慎まなければならない。

黄金色なす稲穂一面の風景に、突如、青紫の変色が発生……。これが、本作の冒頭シーンだ。選びぬかれた酒米の極上種、やがては世界一の極上酒に精製されていくだろう稲穂の田に、野蛮な「テロ」攻撃がなされたのだ。ミステリの開幕は殺人、と決まっている。それを一ひねりして、殺人以上にショッキングな出来事で代用する手法が古くからある。たとえば、ベルギー作家S・A・ステーマンの『マネキン人形殺害事件』。マネキン人形の「殺害」が、殺人の謎に倍する効果をもって描かれていた。本作の場合は、稲穂が人間のように残虐に攻撃され、「殺される」。それが事件の発端だった。

そして、この殺人（稲穂殺害）を起点として、一連の脅迫事件がつづいていく。他の稲穂を「人質」にとった上での脅迫だ。一度目は身代金要求。金額は巨額でなかったものの、要求はさらにエスカレートしていき……。「人質」の資産価値がいかに高いかは、本作にもあるとおり。山田錦は、日本酒造り専用の品種であり、これを上回る品種はない。それを丹精する稲田もまた、唯一無二の土地であり、水田である。その価値はそのまま、脅迫者にとっての得がたい「武器」として利用される。脅迫の要求項目がたび重なるにつれ、犯人の意図はどこにあるのかわからなくなる。単純な「稲穂殺害」事件ではないところに、本作の狙いもあるわけだ。

事件の柱はもう一つあって、これが、麹室での密室殺人。被害者は酒造り職人の杜氏(とうじ)だ。麹室がどういうものであるか、杜氏が具体的にどういう職種であるか、などのことは、これも、本作のなかに充分に説明されているから、解説文では繰り返さない。ともあれ、「稲穂殺害」からはじまり、酒造りの奥深い文化に案内していくことが、このミステリの味わいだ。文化とは、殺人ミステリをとおしても発酵していくものだ。

極上米の生産に要するさまざまな要素を、本作はうまく小道具にとりこんで構成している。たとえば、ドローン。犯人が「稲穂殺害」に何故ドローンを使わなかったかという疑問が発され、合理的な理由で否定される。殺人兵器に使われるドローンは、最近のアメリカ映画ではお馴染みのもの。ミステリでの使い道もいろいろだ。本作にも、ドローンは他の場面で登場してくるが、これについては、ルールにしたがって省略する。他に、オーガニック認証機関（有機農法が行なわれているかどうかを検証する）とか、米原料の非合法ドラッグ「脱法ライス」の栽培（たぶん実在しないと思うが）とか、流離(さすら)いの（ギャンブラーならぬ）流れ者杜氏とか、納豆菌は麹菌の敵だから納豆愛好者立入禁止条項とか……。日本酒の雑学アラカルトが豊富にちりばめられているのも、読みどころだ。

日本酒は生き物である。その複雑精妙な製造工程のすべてをふくめて生き物を育て上げることだ。とりわけ、売価百万円の酒を育て上げるには、言葉につくせない生き物の記録が遺される。第二章には、タンクのもろみと杜氏のあいだに交わされる不思議なコミュニケーションのことが語られる。もろみとは、仕込みタンクのなかでの最終的な生育工程ともいえる。このもろみの発酵のリズムは、もろみ自体によって緩やかにも激しくもなる。いわば人為を超えた生成過程である。蔵元の人物は、これを、反抗期にある子どもを躾けるかのような譬えで語ってみせる。

「もろみが暴れるたびにおやじが一喝してくれた」と。（１０９ページ）

蔵元の亡き父は、柳の鞭を鳴らして、仕込みタンクを叩き、「おい静かにしろ、ゆっくり育ってくれよ」と、もろみに言い聞かしていたのだという。別の人物の言葉を借りれば、《この世に生を受けた酒は、自分の生きたいように育つ》という生き物の権利を持っている。

山田錦の酒米は食用ではない。その点は、本作の第三章に記されているとおり。宝石を磨くように磨く――じっさいは、米粒の外側にあるタンパク質や脂質を削り取って、デンプン質の中心部分のみを残す。大吟醸酒であるほど「磨き」の割合が大きい、といったことは、日本酒ファンなら周知のことであろう。いうなれば、磨きに磨いた真珠のような丸い粒の一つひとつが極上酒の「幼虫期」のすがたなのだ。これがさなぎになり、やがて蝶のように羽ばたいていくだろう。

本作では、日本酒と食のルポライターと居酒屋女将と、二人の女性がアマチュア探偵をつとめる趣向。日本酒製造の奥深い「ミステリ」が誘う陶然たる酔い心地は、殺伐たる話にはなかなか求められないものだ。悪人が登場しない。犯人の「稲穂殺害」は許しがたい蛮行ではあるが、むしろその動機は共感できる性質のものだ。

純米大吟醸四合瓶一本を造るのに、必要な米は何キロで、それを育てる田んぼの面積は何メートル四方か？　その答えは、第二章にある。その甘露の味わいは、《シャープで心地いい酸味と、和三盆のような上質な甘味》の絶妙なブレンドと、同じく第二章に描かれる。

さて、この大吟醸ミステリの読後にも、読者に、同質の至福が訪れんことを——。

——文芸評論家

この作品は二〇二〇年十月幻冬舎ルネッサンス新社より山本モロミ名義で刊行されたものを大幅に加筆修正したものです。

尚、この物語はフィクションですが、全国各地の酒蔵や田んぼで伺った数多くの話をもとに生まれました。特に『獺祭』旭酒造の桜井博志会長にはお世話になり、実名で登場もしていただきました。ありがとうございます。

山田錦の身代金

山本薫

令和3年10月10日　初版発行

発行人――石原正康
編集人――高部真人
発行所――株式会社幻冬舎
〒151-0051東京都渋谷区千駄ヶ谷4-9-7
電話　03(5411)6222(営業)
　　　03(5411)6211(編集)
　　　振替00120-8-767643
印刷・製本―中央精版印刷株式会社
装丁者――高橋雅之

幻冬舎文庫

ISBN978-4-344-43137-9　C0193　や-46-1

幻冬舎ホームページアドレス　https://www.gentosha.co.jp/
この本に関するご意見・ご感想をメールでお寄せいただく場合は、comment@gentosha.co.jpまで。